新\时\代\中\华\传\统\文\化

■ 知识丛书 ■

中华古典歌赋

关关雎鸠
在河之洲
窈窕淑女
君子好逑

主编◎李燕
罗日明

应急管理出版社
·北京·

图书在版编目（CIP）数据

中华古典歌赋／李燕，罗日明主编．－－北京：应急
管理出版社，2022

（新时代中华传统文化知识丛书）

ISBN 978－7－5020－9132－3

Ⅰ．①中…　Ⅱ．①李…　②罗…　Ⅲ．①赋—作品集—
中国—古代　Ⅳ．①I222.4

中国版本图书馆 CIP 数据核字（2021）第 236330 号

中华古典歌赋（新时代中华传统文化知识丛书）

主　　编	李　燕　罗日明
责任编辑	高红勤
封面设计	郑广明

出版发行　应急管理出版社（北京市朝阳区芍药居 35 号　100029）
电　　话　010－84657898（总编室）　010－84657880（读者服务部）
网　　址　www.cciph.com.cn
印　　刷　北京市兆成印刷有限责任公司
经　　销　全国新华书店

开　　本　710mm×1000mm$^1/_{16}$　印张　11　字数　100 千字
版　　次　2022 年 5 月第 1 版　2022 年 5 月第 1 次印刷
社内编号　20211277　　　　定价　39.80 元

　　"青青子衿，悠悠我心。""沅有芷兮澧有兰，思公子兮未敢言。""惟草木之零落兮，恐美人之迟暮。""六王毕，四海一。蜀山兀，阿房出。""天有不测风云，人有旦夕祸福。""相与枕藉乎舟中，不知东方之既白。"……

　　《诗经》《楚辞》也好，唐赋、宋赋也罢，只要提起歌赋，相信每个人心中都会涌出几句或美若芷兰，或发人深省的名句。

　　中华文学源远流长，贯穿了整个封建时代。在几千年的历史长河中，中华民族创造了丰富多彩的歌赋文化。而且，中华歌赋文化也对中国周边国家产生了极其深远的影响。

　　调查研究发现，中华歌赋文化最早可追溯到原始社会的原始歌谣。歌赋饱含古人高洁优雅的情操，比较著名的有《诗经》《楚辞》《赤壁赋》《阿房宫赋》《子虚赋》《秋声赋》等。

　　千百年来，中华古典歌赋一直都是中国文学史上璀璨的明珠。它有着广泛的群众基础，也有着丰富多样的艺术样式。在中国历史上，中华古典歌赋长期发挥着重要作用，是古人传达知识、道德教化、培养情操的重要方式。中华古典歌赋来自民间，也活跃于民间。它影响着人们的情感、思想与品德，也让全国各地的风俗、民俗得到更好的展现。

唐代著名文学家韩愈曾言："虽然，斯堂之作，意其有谓，而暗无诗歌，是不考引公德而接邦人于道也。"可见诗歌在古代文学史上地位之重要。时至今日，诗歌仍是中华文学史上极其重要的组成部分。为了弘扬中华文学，为了让中华古典歌赋得以流传后世，我们有责任继承和发扬中华传统歌赋文化，并为其增光添彩。

中国有着无比灿烂的文学宝库，在提高全民族科学文化水平的时代，继承与发扬我国古代优秀的文学遗产也是非常有必要的。基于此，《中华古典歌赋》应运而生。

《中华古典歌赋》内容包含中华传统歌赋文化的起源、中华古典歌赋大家的介绍及古典歌赋名篇鉴赏。作者以生动的文字，为读者讲述了中华古典歌赋文化的方方面面。同时，精美的配图也能帮助读者更好地了解中华古典歌赋的独特魅力。

今天，中国正处在向现代化全面迈进的新时期，了解中华优秀歌赋文化能提高民族自尊心，增强民族凝聚力，更能培养民族自信心。

掌握中华古典歌赋文化，能帮助人们更好地了解中华文学辉煌的历史，从而为建设具有中国特色社会主义文化打下基础，这也是我们编辑本书的宗旨。

下面，就让我们一起翻开这本《中华古典歌赋》，共同感受中华传统歌赋文化的无限魅力吧！

目 录

第二章　上承先秦、下启唐宋的赋

第三章　中华古典歌赋大家

第四章 古典歌赋名篇鉴赏

第一章

歌赋，
中华文学的开端

一、原始歌谣开启了中华文学

歌赋，即诗歌与赋。诗歌，是通过高度凝练且有一定节奏和韵律的语言，集中反映社会生活和抒发情感的文学体裁；赋，是有韵的文体，形似散文，却有诗的韵律。歌也好，赋也罢，二者都是由原始歌谣开启的，是中华文学史上的璀璨明珠。

原始歌谣产生于生产力极其低下的原始社会，没有文字记录，只能靠口耳相传，是出现最早的文学样式。原始歌谣，最早是先民为了调节劳动节奏、缓解劳动疲劳、激发劳动热情而发出的一种有节奏的呼喊声，也就是劳动号子。在劳动号子的带领下，先民的思维能力与语言表达能力也获得了一定发展。后来，这种呼喊中加入有实际内容的字句，变得更有文学意义，也变得富有韵调与节奏感。就这样，简单和原始的歌谣逐渐演变成更能表情达意的诗歌。

从题材、内容上看，现存的原始歌谣主要包括以下四个方面。

1. 劳动歌谣

歌谣从劳动中来，这点是毋庸置疑的。代表劳动的歌谣有《弹歌》。它是古老的猎歌，反映了先民的游猎生活，再现了先民制作弓箭并进行射猎的整个过程，字句简短，节奏明快。

2. 祭祀歌谣

歌谣的发展离不开先民的祭祀活动。在祭祀歌谣中，《伊耆（qí）氏蜡辞》是典型代表。它是先民在年终祭祀百神时的咒语式祭歌，充满了神秘的色彩。先民认为，祭祀时的歌谣可让神化的土地、水、昆虫、草木等各归其位、各尽其职，这样才能不危害人类，才能保护农作物的生长。

3. 婚恋歌谣

婚恋歌谣是比较轻松明快的，但也有一些歌谣表现得粗犷。如《周易·屯·六二》，是表现上古时期抢婚风俗的歌谣，带有浓重的时代色彩。

4. 战争歌谣

战争歌谣中，《周易·中孚·六三》是典型代表。它描绘了先民打了胜仗，俘虏了敌人，有人擂鼓庆贺，有人在一旁坐卧休息，有人引吭高歌，有人则因为失去亲友而伤心哭泣的场景。

诗歌是一种用语言表达艺术的文学体裁，是中国文学史上最古老也最具文学特质的文学样式。中国古代将不合乐的称作"诗"，合乐的称作"歌"，而现代一般统称为"诗歌"。

古籍《诗经》与《楚辞》

《诗经》《楚辞》和汉乐府等都是作者按照一定的音节、韵律要求，用凝练的语言、充沛的感情和丰富的想象，表达内心世界与现实生活的文学作品。其中，《诗经》是中国第一部诗歌总集，虽然目前学术界对整理《诗经》的作者有争论，但大部分人认为《诗经》是春秋时期由孔子整理的。

诗歌从先秦时期开始，经过发展，成为汉乐府、魏晋南北朝民歌、唐诗、宋词、元曲的前身。《汉书·礼乐志》中有"和亲之说难形，则发之于诗歌咏言，钟石、管弦"之句，韩愈在《〈郓州溪堂诗〉序》中有"虽然，斯堂之作，意其有谓，而喑无诗歌，是不考引公德而接邦人于道也"之句，明代文人王鏊在《震泽长语·官制》中有"唐宋翰林，极为深严之地，见于诗歌者多矣"之论，现代文学家鲁迅也在《书信集·致窦隐夫》中说道："诗歌虽有眼看的和嘴唱的两种，也究以后一种为好。"可见，诗歌这种题材，一直是中华文学领域经久不衰、历久弥新的璀璨明珠。

正所谓"有歌便有赋"，"歌"与"赋"在文学体裁上虽有不同，却经常被人们放在一起比较。晋代文学家陆机在其所著的《文赋》中，曾说过关于诗和赋的区别——"诗缘情而绮靡，赋体物而浏亮"。这句话的意思是说，诗是人们抒发主观情感的，要写得细腻而华丽；赋则是描绘客观事物的，要写得流畅而爽朗。

赋这种文学体裁讲究文采与韵律，同时兼具诗歌与散文的性质。赋最早出现在诸子散文中，被称作"短赋"。后来从《楚辞》中发展而成，且继承了楚辞体特点的赋，被称为"骚赋"，此时是诗向赋过渡的时期。汉代正式确立了赋的体例，称为"辞赋"，骚赋也是辞赋的一种。魏晋以后，赋逐渐向骈文方向发展，是为"骈赋"。到了唐代，赋又由骈体转为律体，是为"律赋"。宋代，赋则采用散文的形式书写，也就是我们今天看到的"文赋"。

著名的赋有苏轼的《赤壁赋》、杜牧的《阿房宫赋》、司马相如的《子虚赋》、欧阳修的《秋声赋》等。

二、开现实主义文学先河的《诗经》

《诗经》并非一首诗，而是中国最早的一部诗歌总集，是中华文化的瑰宝。《诗经》开现实主义文学的先河，对后世文学产生了不可磨灭的影响，在中华文学史上具有崇高的地位。

《诗经》奠定了我国诗歌的优良传统，自先秦时代起，便哺育了一代又一代文人。在所有文学样式中，诗歌是起源最早的，也是历史最为悠久的。

无论是散文还是小说，几乎所有的文学作品都要靠文字记录才能流传下去。最早的诗歌却不依赖于文字，而是通过口头创作，并以口耳相传的形式流传下来。比如《左传》中有一篇记载宋国筑城民夫讽刺将军华元的诗歌，就是民夫口头创作的。当然，这还不是最早的诗歌。最早出现的诗歌属于原始歌谣，可以追溯至原始社会，是诞生在劳动中的一种劳动号子。

　　既然诗歌诞生于劳动，那《诗经》就不可避免地带有现实意义。可以说，《诗经》是我国最早的富于现实主义精神的诗歌。从《诗经》起，中国诗歌便面向现实，成为人们抒情的重要方式。而《诗经》的现实主义，主要表现在朴素自然与写实精神两个方面，这点又在《国风》与"二雅"中表现得最为突出。

　　为什么说《诗经》开现实主义文学的先河呢？我们一起来看一下。

1.《诗经》是按照"饥者歌其食，劳者歌其事"的原则进行创作的

　　《诗经》的创作是立足于现实生活的，它只是如实记录当时社会的风俗和风貌，基本没有超自然的神话，也没有怪诞与虚妄的东西。可见，《诗经》只是立足于当时的政治状况、风俗民情、社会生活的作品。尤其是《国风》的作品，更是直接来源于当时的现实生活，作者在揭示社会本质并抒发对现实生活感受的时候，非常形象直白，毫无矫揉造作之态。

　　就拿《豳（bīn）风·七月》来说，"一之日于貉（hé），取彼狐狸，为公子裘。二之日其同，载缵（zuǎn）武功。言私其豵（zōng），献豜（jiān）于公""嗟我农夫，我稼既同，上入执宫功。昼尔于茅，宵尔索绹（táo）。亟

其乘屋，其始播百谷"等句，就生动形象地描述了底层劳动者一年到头的生活。《豳风·七月》的作者并没有使用表示强烈谴责的字眼，只是通过大量的客观描写为读者勾勒出一幅哀伤、痛苦的画卷。

2.《诗经》浑朴自然，是劳动人民思想感情的自然流露

《诗经》中的作品，大多是战争、劳动、婚恋等与人们生活息息相关的内容。这些内容反映了作者最真实的情感，我们也能从这类诗歌中感受作者积极向上的生活态度。

《豳风·七月》图（局部）

可以这样说，《诗经》主要是一部抒情诗集，其中有众多高水平的抒情诗篇。《诗经》中也有一部分用以叙事的史诗，但其中大部分还是抒情言志的，而且《诗经》中的大部分叙事诗，如《卫风·氓》，也属于为抒情服务的诗篇，所以不能将其简单地称为叙事诗。

从《诗经》开始，我国诗歌就沿着抒情的道路不断前进了。不管是现实主义诗歌，还是浪漫主义诗歌，都展现了先秦时代人们对现实的关注，表现了古人强烈的政治意

识与道德意识，也表达了他们积极乐观的人生态度。

后来，楚国大夫屈原继承并发扬了《诗经》的抒情部分，《史记·屈原贾生列传》中便有"《国风》好色而不淫，《小雅》怨诽而不乱，若《离骚》者可谓兼之矣"的论述。

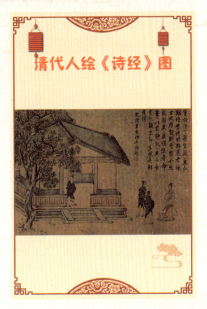

清代人绘《诗经》图

总之，《诗经》淳朴自然的写作风格和写实精神，奠定了我国古代诗歌直面现实的优秀创作传统。《诗经》牢笼千载而历久弥新，衣被后世而风雅不绝，是中华文学当之无愧的光辉起点。

三、《诗经》中的"风""雅""颂"

　　《诗经》收入了西周初期至春秋中叶的三百零五篇诗歌，此外有笙诗六篇未算入其中。其中，《风》一百六十篇，《雅》一百零五篇，《颂》四十篇。"风""雅""颂"指诗歌的题材和内容。

　　宋代史学家郑樵在其所著的《通志》中提道："风土之音曰风，朝廷之音曰雅，宗庙之音曰颂。"可见，《风》《雅》《颂》为诗歌的三个组成部分。

1.风

　　《风》又称《国风》，所谓"风"，指的是民间的曲调，而《诗经》中的《风》，则指代各地的民歌。

　　《诗经》中共有周南、召南、邶（bèi）、鄘（yōng）、卫、王、郑、桧、齐、魏、唐、秦、豳、陈、曹这十五国风，其中比较著名的篇目有《周南·关雎》《秦风·蒹葭》《周南·桃夭》《卫风·氓》《魏风·硕鼠》《豳风·七月》

《鄘风·君子偕老》《王风·君子于役》《魏风·伐檀》《豳风·伐柯》《豳风·东山》等。

《国风》反映了下层人民的真实生活，也体现了他们的思想感情。这些直接反映劳动人民喜怒哀乐的诗歌，具有很高的文学价值与历史价值，是《诗经》中的精髓部分。

根据《国风》的内容，我们可以将其分为三大类。

第一类，反映爱情与婚姻的诗歌。

无论哪个时代，爱情与婚姻都是人们生活中的重要部分。《国风》中反映爱情与婚姻的诗歌最多，比如《卫风·木瓜》："投我以木瓜，报之以琼琚。匪报也，永以为好也。投我以木桃，报之以琼瑶。匪报也，永以为好也。投我以木李，报之以琼玖。匪报也，永以为好也。"又如《郑风·狡童》："彼狡童兮，不与我言兮。维子之故，使我不能餐兮。彼狡童兮，不与我食兮。维子之故，使我不能息兮。"这类诗歌或描绘了两情相悦时的热情奔放，或描绘了思而不得的失恋之苦。

第二类，反映阶级压迫与百姓愁苦生活的诗歌。

古代底层人民始终处于被压迫、被剥削的地位，是以，《诗经》的《国风》中收录了一部分描绘阶级压迫与百姓愁苦生活的诗歌。比如《豳风·七月》："九月筑场圃，十月纳禾稼。黍稷重穋（lù），禾麻菽（shū）麦。嗟我农夫，我稼既同，上入执宫功。昼尔于茅，宵尔索绹。亟其乘屋，其始播百谷。二之日凿冰冲冲，三之日纳于凌阴。四之日其蚤，献羔祭韭。九月肃霜，十月涤场。朋酒斯飨，曰杀羔羊。跻彼公堂，称彼兕（sì）觥（gōng），万寿无疆。"这里描绘了劳动者辛苦劳作的场景，反映了那个时代人民生活的疾苦。

第三类，讽刺统治者腐朽生活的诗歌。

人民水深火热的生活与执政者的腐朽昏庸密不可分。比如《鄘风·墙有茨》："墙有茨，不可埽也。中冓之言，不可道也。所可道也，言之丑也。墙有茨，不可襄也。中冓之言，不可详也。所可详也，言之长也。墙有茨，不可束也。中冓之言，不可读也。所可读也，言之辱也。"这首诗歌讽刺了卫国统治者的荒淫无道。

2. 雅

《雅》又被称作《雅诗》，有《大雅》与《小雅》之分。《雅诗》大多反映了贵族阶级的生活。其中，《大雅》多为西周早期的诗歌，《小雅》则大多收录了西周晚期到春秋时期的诗歌。《大雅》大部分为赞美诗，用来歌颂西周统治者的功绩，也有一部分诗篇反映了统治者的奢华生活和暴虐昏乱;《小雅》大多为讽刺诗，抒发了下层贵族和底层人民不满的情绪。

从风格上看，《大雅》雍容典雅，但其诗歌的意味却不浓重；《小雅》语言活泼生动，内容丰富，具有较高的文学价值与艺术价值。

比如《小雅·六月》："六月栖栖，戎车既饬。四牡骙（kuí）骙，载是常服。玁狁孔炽，我是用急。王于出征，以匡王国。比物四骊，闲之维则。维此六月，既成我服。我服既成，于三十里。王于出征，以佐天子。四牡修广，其大有颙（yóng）。薄伐玁狁，以奏肤公。有严有翼，共武之服。共武之服，以定王国。

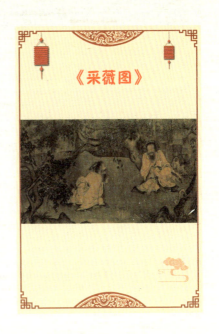

《采薇图》

玁狁匪茹，整居焦获。侵镐及方，至于泾阳。织文鸟章，白旆（pèi）央央。元戎十乘，以先启行。"这是一篇记述和赞美尹吉甫奉周宣王命北伐玁狁并取得胜利的诗歌。这篇诗歌在风格上类似《国风》，非常打动人。

3. 颂

《颂》又称《颂诗》，顾名思义，取"歌颂"的意思。先秦时期，王室与诸侯在祭祀或举行重大活动时，会用

"颂诗"为乐歌。

《颂》共四十篇，可分为三部分：一部分是《周颂》，共三十一篇，是周天子专用的；一部分是《鲁颂》，共四篇，是鲁国的诸侯专用的；一部分是《商颂》，是宋国的诸侯专用的。宋国是殷商后裔所建立的诸侯国，故而称宋国祭祀先祖的诗为《商颂》。

《颂诗》平铺直叙，诗歌的意味与风韵较少，是《诗经》中文学价值与艺术价值最低的部分。不过，这部分诗歌的史料研究价值比较高，对后世封建社会文化也有相当重要的影响。

四、《诗经》中的"赋""比""兴"

"风""雅""颂"是《诗经》中的三种诗歌题材。《诗经》中还有三种表现手法：赋、比、兴。这三种表现手法一直被后世诗歌及其他体裁的文学作品所沿用。"风""雅""颂""赋""比""兴"被合称为"六义"。

"赋""比""兴"是《诗经》中的三种主要表现手法。后来人们从《诗经》中将"赋""比""兴"归纳出来，用在其他文学体裁中，为这些文学体裁增光添色。关于赋、比、兴的记载，最早见于《周礼·春官》："教六诗：曰风，曰赋，曰比，曰兴，曰雅，曰颂。"下面，我们就来分别解读"赋""比""兴"。

1. 赋

"赋"，即平铺直叙，但在铺陈内容时会使用排比，故而相当于今天的排比修辞手法。创作者使用"赋"，能将自己的感情与相关事物进行直白地表达。在一些篇幅比较长的诗作中，铺陈与排比通常是结合在一起使用的。铺陈主要针对的是一连串紧密相关的人物、性格、行为、事件、景色等。

"赋"通常是一组语气基本一致、结构基本相同的句群。比如《邶风·击鼓》："击鼓其镗，踊跃用兵。土国城漕，我独南行。从孙子仲，平陈与宋。不我以归，忧心有忡。爰居爰处？爰丧其马？于以求之？于林之下。死生契阔，与子成说。执子之手，与子偕老。于嗟阔兮，不我活兮。于嗟洵兮，不我信兮。"这首诗歌便是采用"赋"的手法，将战士长期征战，无法与妻子团聚的苦楚铺陈直叙，让人直观地感受到主人公的怨怼和无奈。

"赋"是《诗经》中最基本的表达方法，不但能渲染某种环境，还能烘托气氛，渲染情绪。在赋体中，尤其是富丽华美的汉赋中，"赋"法被广泛地采用。

2. 比

"比"，即比喻、类比，指的是对人或物进行形象的比喻或类比，令其特点更加鲜明。"比"是《诗经》中用得最多的修辞手法，将此物比作彼物，能更加形象地表达出自己要表达的内容。

通常情况下，用来作比的事物，都会比本体事物更加生动形象、鲜活具体，也更加方便人们的联想与想象。比如《魏风·硕鼠》："硕鼠硕鼠，无食我黍！三岁贯女，莫我肯顾。逝将去女，适彼乐土。乐土乐土，爰得我所。硕鼠硕鼠，无食我麦！三岁贯女，莫我肯德。逝将去女，适彼乐国。乐国乐国，爰得我直。硕鼠硕鼠，无食我苗！三岁贯女，莫我肯劳。逝将去女，

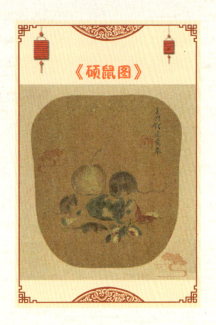

《硕鼠图》

适彼乐郊。乐郊乐郊，谁之永号？"作者用硕鼠与统治阶层作比，来表现他们的贪婪与狡诈。此诗歌表达的思想感情不仅有愤怒与嘲讽，更有准备逃亡、反抗的意图。

再比如《卫风·硕人》中，作者用"手如柔荑（tí），肤如凝脂。领如蝤（qiú）蛴（qí），齿如瓠（hù）犀，螓（qín）首蛾眉。巧笑倩兮，美目盼兮"来描绘庄姜之美。在作者生动形象的比喻下，一个倾国倾城的女子形象便跃然纸上了。

3. 兴

"兴"，指的是在描写某人、某物或某事时，先以其他事物作铺垫，引出后面所要表达的内容。通常情况下，

"比"与"兴"是放在一起使用的，能增强诗歌的生动性与鲜明性，让整首诗歌变得富有感染力。

从特征上看，"兴"有直接起兴和兴中含比两种。比如《郑风·风雨》："风雨凄凄，鸡鸣喈（jiē）喈。既见君子，云胡不夷？风雨潇潇，鸡鸣胶胶。既见君子，云胡不瘳（chōu）？风雨如晦，鸡鸣不已。既见君子，云胡不喜？"这首诗歌便是使用"兴"的方式，每句开头都用"风雨""鸡鸣"起兴，来表达女主人公对夫君的思念之情。

总之，"赋""比""兴"十分有研究价值。通过研究与探讨，我们可以了解这些富有地方特色、民族特色、时代特色的艺术表现方式，还可以将其运用到自己的写作当中，这样可以加深对《诗经》写作手法的理解，丰富中华古典文学理论。

五、无比贴近生活的《诗经》名篇

《诗经》是我国最早的诗歌总集，是后世唐诗、宋词、元曲的创作基础，也是中华文学最主要的源头之一。梁启超曾言："其真金美玉，字字可信者，《诗经》其首也。"两千余年来，《诗经》中的名篇一直备受历代文人推崇，是中国人的精神和美学基础。

比起唐诗、宋词，很多人会觉得《诗经》离我们太过遥远，却忽略了先秦时期的古老诗歌记录的内容最为率真质朴，也是最贴近人们生活的。

说到贴近人们生活的诗歌，自然脱离不开爱情婚姻、劳动两大类。下面，我们就一起来体味那些无比贴近生活的《诗经》名篇吧！

1. 爱情婚姻类题材的《诗经》名篇

提到爱情题材的名篇，《周南·关雎》无疑是人们最为熟悉的。"关关雎鸠，在河之洲。窈窕淑女，君子好逑。参差荇菜，左右流之。窈窕淑女，寤寐求之。求之不得，寤寐思服。悠哉悠哉，辗转反侧。参差荇菜，左右采之。窈窕淑女，琴瑟友之。参差荇菜，左右芼之。窈窕淑女，钟鼓乐之。"

《周南·关雎》虽然短小，却是《诗经》中的第一篇，在中华文学史上占有特殊的位置。这首诗歌内容十分单纯，写的是一位"君子"对"淑女"的追求。《周南·关雎》承认男女之爱是自然且正常的感情，是不需要"存天理，灭人欲"的。所以，后世男女为了追求爱情，经常借用《周南·关雎》来反抗封建礼教的压迫。

除却《周南·关雎》，《郑风·女曰鸡鸣》也是脍炙人口的爱情名篇。"女曰鸡鸣，士曰昧旦。子兴视夜，明星有烂。将翱将翔，弋凫与雁。弋言加之，与子宜之。宜言饮酒，与子偕老。琴瑟在御，莫不静好。知子之来之，杂佩以赠之。知子之顺之，杂佩以问之。知子之好之，杂佩以报之。"

这首诗歌开篇写勤勉的妻子在鸡鸣的时候催促丈夫起床，可丈夫却赖床不想起，还辩解窗外还有星星。妻子柔顺却坚决地劝导丈夫，告诉他鸟儿都离巢起飞了，他也该出发了。夫妻双方的互动十分生动，富有情趣。在妻子的劝导下，丈夫整好装束出门打猎。妻子便祈愿丈夫能射中野鸭、大雁，祈愿家中常有好酒、好菜，祈愿夫妻和顺、永远恩爱。最后，丈夫送给妻子佩饰表示对她的爱。这首诗歌将猎手对妻子粗犷热烈的感情表达得淋漓尽致，也让读者读后心生美好。

2. 劳动类题材的《诗经》名篇

各个时代的文学作品都与劳动密不可分，何况诗歌原本就是从劳动中发展而来的文学体裁。在《诗经》中，关于劳动的名篇有许多，比如《周南·芣（fú）苢（yǐ）》："采采芣苢，薄言采之。采采芣苢，薄言有之。采采芣苢，薄言掇之。采采芣苢，薄言捋（luō）之。采采芣苢，薄言袺（jié）之。采采芣苢，薄言襭（xié）之。"

《农耕图》

芣苢是一种野生植物，而这首《周南·芣苢》是人们采集芣苢时所唱的诗歌。这首诗歌通过生动的文字，为人们描述了一群女子在田野间劳作的场面。诗歌中，光是劳动的动作，就有采、有、掇、捋、袺、襭六种。女子唱着欢快的诗歌在田间忙碌着，对未来美好的憧憬与向往让她们的心情更加欢快。

如果说《周南·芣苢》是一首欢乐的田间劳动诗歌，那么，《大雅·绵》就是一首气势恢宏的创业诗歌。"绵绵瓜瓞（dié）。民之初生，自土沮漆。古公亶（dǎn）父，陶复陶穴，未有家室。古公亶父，来朝走马。率西水浒，至于岐下。爰及姜女，聿（yù）来胥宇。周原膴（wǔ）膴，堇（jǐn）荼（tú）如饴（yí）。爰始爰谋，爰契我龟，曰止曰时，筑室于兹。乃慰乃止，乃左乃右，乃疆乃理，乃宣乃亩。自西徂（cú）东，周爰执事。乃召司空，乃召司徒，俾（bǐ）立室家。其绳则直，缩版以载，作庙翼翼。捄（jiū）之陾（réng）陾，度之薨（hōng）薨，筑之登登，削屡冯（píng）冯。百堵皆兴，鼛（gāo）鼓弗胜。乃立皋门，皋门有伉。乃立应门，应门将将。乃立冢土，戎丑攸行。肆不殄（tiǎn）厥愠，亦不陨厥问。柞（zuò）棫（yù）拔矣，行道兑矣。混夷駾（tuì）矣，维其喙矣！虞芮（ruì）质厥成，文王蹶厥生。予曰有疏附，予曰有先后。予曰有奔奏，予曰有御侮！"

这首诗歌描述了周民族的祖先古公亶父率领周人从豳迁往岐山周原，建立了强大的周王朝，以及文王继承先祖事业，维护周人的故事。整首诗歌气势恢宏，场景描写突出。在描写轰轰烈烈的劳动场面时运用了大量的排比句，使诗歌充满了浓郁的生活气息。

　　虽然《诗经》无法给我们带来物质上的收益，但它却能潜移默化地改变我们的精神世界，让我们领略生活中最简单质朴的美。

六、精彩绝伦的汉乐府诗歌

乐府最初是秦朝少府下辖的一个专门管理乐舞、演唱、教习的机构。乐府诗是乐府的产物，是继《诗经》《楚辞》之后兴起的一种新诗体。后来，也有一些不入乐诗歌，被称作"乐府"或"拟乐府"。

每个时代都有独具特色的文学，中华文学绵延数千年，历经各朝各代，更是结出了累累硕果，且每一颗果实都甘美异常。在汉代文学中有这样一种文学形式，时至今日仍然散发着璀璨的光芒，它便是有名的乐府诗。

乐府始于秦，这个机构收录的诗歌中，大部分是来自民间的曲子。《汉书·礼乐志》云："至武帝定郊祀之礼……乃立乐府，采诗夜诵，有赵、代、秦、楚之讴。以李延年为协律都尉，多举司马相如等数十人造为诗赋，略论律吕，以合八音之调，作十九章之歌。以正月上辛用事甘泉圜丘，使童男女七十人俱歌，昏祠至明。"也就是说，乐府这个机构在汉初并没有被保留下来。一直到了汉武帝时期，乐府才在定郊祀礼乐时得以重建。汉朝时期，乐府的主要职责是采集文人的诗和民间歌谣来配乐，以备皇室在宴会或祭祀上演奏使用。由乐府收集的诗歌便是乐府诗，简称"乐府"。

如果说汉赋是阳春白雪，那么乐府诗歌则是雅俗共赏的下里巴人。到了汉武帝的时候，汉赋已经不足以娱乐宫廷，也不足以应对恢宏庄重的庙堂祭祀，于是，汉武帝下令大规模采集全国各地的诗歌。这些诗歌包括相和歌辞、鼓吹曲辞、杂曲歌辞等。这些诗歌形象鲜明，音韵和谐，受到上层人士与底层人民的喜爱。

根据《汉书·艺文志》记载，西汉时期，乐府共搜集了一百三十八篇民间诗歌，但流传至今的只有三四十篇，加上东汉民歌和文人的作品，现存的汉乐府有一百余篇，以宋代的郭茂倩编的《乐府诗集》所收最为完备。《汉书·艺文志》记载："有代、赵之讴，秦、楚之风，皆感于哀乐，缘事而发，亦可以观风俗，知薄厚云。"汉乐府诗歌多反映底层人民生活的艰辛，体现底层人民朴实纯挚的情感，具有浓厚的时代气息与生活气息。

汉乐府是继《诗经》之后的又一次民歌大汇集。不过，不同于《诗经》的是，汉乐府民歌进一步开创了现实主义诗歌的新风，且多收录以女性题材作品为主的民歌。这些民歌刻画的人物形象更加细致入微，通俗的语言也更加贴近人民的生活。汉乐府诗歌在文学史上的地位非常高，甚至可以与《诗经》《楚辞》鼎足而立。

《孔雀东南飞》《陌上桑》《江南》等都是有名的汉乐府民歌，其中，《孔雀东南飞》是我国古代最长的一首叙事诗歌。《孔雀东南飞》与北朝乐府民歌《木兰诗》合称"乐府双璧"，受到后世的喜爱与追捧。

汉乐府民歌《江南》："江南可采莲，莲叶何田田。鱼戏莲叶间，鱼戏莲叶东，鱼戏莲叶西，鱼戏莲叶南，鱼戏莲叶北。"这首诗语言朴实，文字活泼，正是民间诗歌的本色。

可以说，乐府诗上承汉赋，下启后世诗歌，在中国古代文学史上具有极其重要的地位。

七、丰富多彩的魏晋南北朝诗歌

魏晋南北朝时期的社会历史大变动，使文学获得独立的发展，开始进入自觉时代。魏晋南北朝时期的诗歌、散文、辞赋、骈文等都取得了显著成就。魏晋南北朝时期的诗歌地位非常重要，对后世诗歌，尤其是唐诗的影响非常大。

先秦时期的《诗经》大多为四言诗；东汉末年，五言诗逐渐成熟；到了魏晋南北朝时期，诗歌已经以五言诗为主体。相比四言诗，五言诗更具表现性与音乐性。

东汉末年，建安文学逐渐兴起，而建安文学的开创者曹操既是出色的政治家，也是杰出的诗人。曹操喜欢用汉乐府的旧题来创作诗歌，其诗歌大多表现当时社会现实的一面。

比如曹操在《蒿里行》中，便以"铠甲生虮虱，万姓以死亡。白骨露于野，千里无鸡鸣。生民百遗一，念之断人肠"来描绘汉末关东各州郡兴兵讨伐奸贼董卓的义战，由于袁绍兄弟的野心及各路人马争权夺利而演变为祸国殃民的灾难的历史。除此之外，曹操的《短歌行》《观沧海》《龟虽寿》等，都是气韵沉雄、慷慨悲凉的诗歌。

建安之后，魏晋南北朝时期出现了阮籍、嵇康、左思、陆机、陶渊明、谢灵运、沈约、吴均等有名的诗人。其中，对后世诗歌影响最大的当属陶渊明。年少时，陶渊明曾有"少时壮且厉，抚剑独行游"的雄心壮志，后来因政局的动荡、官场的黑暗消沉了，最后选择归隐田园。归隐之后，陶渊明写诗歌颂精卫、刑天，足见其内心的不平之气。

陶渊明可谓田园诗派的鼻祖，他的诗歌清新自然，不加雕饰，有很强的艺术魅力。陶渊明淳朴真诚、淡泊高远，寻求自然之道的人生态度，也影响了后世的诗人——谢灵运。

谢灵运为南朝刘宋时期的诗人，出身于官僚世家。谢灵运政坛失意，却在诗坛得意。他寄情

毛泽东书《龟虽寿》局部

山水，开创了山水诗派，作出了许多诸如"鸟鸣识夜栖，木落知风发""池塘生春草，园柳变鸣禽"的美好诗句。

到了南朝齐梁时期，中华诗歌产生了音韵学。诗歌开始讲求对偶和四声八病，强调声韵格律，后世将这种诗歌称作"永明体"。

到了南朝后期，统治者日渐骄奢淫逸。这时，统治阶层出现了一种靡靡之音，便是所谓的"宫体诗"。宫体诗脱离主流社会，专门描写王公贵胄腐朽的生活，这也让南朝的诗歌逐渐走向衰落。

魏晋南北朝时期，除了文人诗，还出现了一大批民歌，主要集中在东晋之后。南朝与北朝因政治、经济、文化和自然环境不同，所以民歌风格不同。江南地区风光无限、山明水秀，故南朝诗歌多为情歌，代表作为抒情长诗《西洲曲》。北方民风粗犷，且生活中离不开马，故北朝诗歌多为明快豪放的诗歌，且大部分诗歌中都提到了马，代表作为叙事长诗《木兰诗》。南北朝民歌不仅反映了当时的社会现实，还创造了新的艺术形式和风格。可以说，南北朝民歌是汉乐府民歌之后，中国诗歌史上又一新的发展。

八、庙堂化的唐宋诗歌

　　唐朝是中国诗歌发展的鼎盛时期。唐朝建立后，中国很长一段时间内政治稳定、经济繁荣。这样的形势为文学发展提供了良好的环境，加上唐代科举考试十分重视诗词歌赋，也让诗歌获得了空前发展。

　　"**竹**枝本出于巴渝。唐贞元中，刘禹锡在沅湘，以俚歌鄙陋，乃依骚人《九歌》作《竹枝》新辞九章，教里中儿歌之，由是盛于贞元、元和之间。"这句话出自《乐府诗集》。

　　这里说的"竹枝"指的是"竹枝词"。"竹枝词"是巴渝一带的民歌，用鼓和短笛伴奏，人们边唱边跳。我们现在所熟悉的《竹枝词》，为唐朝著名诗人刘禹锡参考这种民歌而改写的诗歌。"竹枝词"在漫长的历史发展中逐渐演变成三种类型：一种是由文人收集并整理的民歌；一种是像刘禹锡这样，将民歌进行改编的诗歌；还有一种是借"竹枝词"格调而写出的七言绝句。

从《竹枝词》中，我们不难看出唐朝的诗歌也是为统治阶层服务的。不过，与南北朝时期不同的是，唐朝诗人多借诗歌直抒胸臆，向统治者表明自己的雄心壮志，而不是直接对统治者歌功颂德。

刘禹锡属于中晚唐时期的诗人。虽然唐代中后期已过了鼎盛时期，但诗歌仍旧没有衰微。除了刘禹锡，这一时期还有很多著名诗人，如韩愈、白居易、柳宗元、元稹、杜牧、李商隐、温庭筠等。

如果说，魏晋南北朝时期诗歌的主要特点是"处江湖之远"的清新秀丽、回归自然，那么，唐朝时期诗歌的主要特点则是"居庙堂之高"的典雅大方、求奇避俗。

就拿《竹枝词》来说，处江湖之远时，人们所吟唱的是"夜半呕哑拨橹声，菜佣郭外听鸡鸣。青菘碧蒜红萝卜，不到天明已入城"；而居庙堂之高时，吟唱的则是"杨柳青青江水平，闻郎江上踏歌声。东边日出西边雨，道是无晴却有晴"。

唐代诗歌之所以能成为中国文学史上璀璨的明珠，是因为唐朝诗歌艺术高超、影响深远。唐朝诗歌题材广泛，朗朗上口又不落俗套，是古人留给我们的宝贵遗产。

宋朝是中国古典诗歌发展的又一个重要阶段。人们耳熟能详的"月儿弯弯照九州，几家欢乐几家愁。几家夫妇同罗帐，几个飘零在外头？"就是自南宋以来流行于江苏一带的地方民歌。宋人话本《冯玉梅团圆》中说："此歌出自我宋建炎年间，道民间离乱之苦。"明末冯梦龙所编《山歌》中也有记录。

一弯月儿照人间，而在这同一片月光下，有多少人家欢乐，又有多少人家忧愁；有多少人家能夫妻团圆，又有多少人在外漂泊！这首民歌揭露了南宋统治者的腐朽。在外族入侵时，他们实行不抵抗政策，对自己治下的老百姓却多加盘剥、压迫。那些达官贵族自己过着骄奢淫逸的生活，却不管老百姓是否流离失所、饱受痛苦。

特定的社会条件，使宋代诗歌取材广、立意新，大多是以文为诗、以议论为诗。和其他朝代不同的是，宋代的诗歌以爱国题材为主。另辟蹊径的宋代诗歌在内忧外患下形成了自己的特色，唱出了有别于其他时期的曲调。

九、元代散曲对民歌的复活

散曲是继诗、词之后兴起的一种新诗体。之所以称散曲，是相对于剧曲而言的。在元代，散曲被称为"乐府"或"今乐府"，可以与唐诗、宋词分庭抗礼，其相对活泼自由，是元代代表性诗歌类型。散曲之名最早见之于文献，是明朝朱有燉的《诚斋乐府》。

从体制上看，元代散曲主要分为小令、散套，以及介于二者之间的带过曲。小令单片只曲，短小精悍；而散套则是由同一宫调的若干支曲子按一定的规律连缀而成的组曲。散曲的曲牌有各式各样的名称，其中著名的有《叨叨令》《山坡羊》《刮地风》《喜春来》等。这些曲牌通俗易懂，也说明元代散曲比唐诗、宋词更接近于民歌。

元代著名散曲作家有二百多人，其中，关汉卿、马致远、张养浩等人，都是人们耳熟能详的散曲大家，为中华民族的民歌流传作出了巨大贡献。

我们知道，元代统治者实行民族歧视政策，当时最没有地位的民族便是汉族。汉族百姓大多生活困苦，所以元朝曲作家的作品中，也大多描绘了黑暗的社会与政治。

比如刘时中就在散套《端正好·上高监司》中写道："甑生尘老弱饥，米如珠少壮荒。有金银那里每典当？尽枵（xiāo）腹高卧斜阳。剥榆树餐，挑野菜尝。吃黄不老胜如熊掌，蕨根粉以代餱（hóu）粮。鹅肠苦菜连根煮，荻笋芦莴带叶噇，则留下杞（qǐ）柳株樟。""偷宰了些阔角牛，盗斫（zhuó）了些大叶桑。遭时疫无棺活葬，贱卖了些家业田庄。嫡亲儿共女，等闲参与商。痛分离是何情况！乳哺儿没人要撇入长江。那里取厨中剩饭杯中酒，看了些河里孩儿岸上娘，不由我不哽咽悲伤。"作品真实地反映了江西大旱时灾区人民骨肉分离，遭受饥馁、时疫死不得葬的惨状，详细叙述了库藏的积弊和吏役狼狈为奸的情形，表达了对下层劳动人民的深切同情。

元代有"九儒十丐"的说法，可见当时文人的社会地位极其低微。文人处在社会底层，见惯了社会黑暗，因而创作出来的作品更贴近底层，加上元朝复杂的社会环境，才使得民歌在这一时期得到复兴。

第二章

上承先秦、
下启唐宋的赋

一、《楚辞》开启了浪漫主义文学

楚辞是战国时期兴起于楚国的一种诗歌样式。《楚辞》则是中华文学史上第一部浪漫主义诗歌总集，开了我国浪漫主义文学的先河。因为这部诗歌总集运用楚地的方言声韵、文学样式，叙写楚地的风土物产，具有浓厚的地方色彩，所以取名为《楚辞》。

我们都知道《诗经》的纯朴率真之美。"蒹葭苍苍，白露为霜。所谓伊人，在水一方。""桃之夭夭，灼灼其华。之子于归，宜其室家。""呦呦鹿鸣，食野之苹。我有嘉宾，鼓瑟吹笙。"……这些诗句美得不可方物，读起来令人怦然心动。

《楚辞》与《诗经》齐名，是中国文学史上第一部浪漫主义诗歌总集。"长太息以掩涕兮，哀民生之多艰。""亦余心之所善兮，虽九死其犹未悔！""路漫漫其修远兮，吾将上下而求索。"……初读《楚辞》，我们或许会觉得晦涩难懂，可细细品味，就会发现《楚辞》是当之无愧的中国浪漫主义文学的源头。唯有浪漫的《楚辞》，才能媲美《诗经》的现实；唯有浪漫的《楚辞》，才能配得上《诗经》的风雅。

《楚辞》之中，有上古时期的诸神。如天神"东皇太一"，云神"云中君"，太阳之神"东君"，优雅的湘水之神"湘夫人""湘君"，寿命之神"大司命"，子嗣之神"少司命"……

传说中的诸神，为人们贡献了一句又一句富有浪漫主义气息的名句。如《九歌·东君》中的"青云衣兮白霓裳（cháng），举长矢兮射天狼"，《九歌·大司命》中的"纷总总兮九州，何寿夭兮在予"，《九歌·湘夫人》中的"沅有芷兮澧（lǐ）有兰，思公子兮未敢言"。

后世文人对《楚辞》的评价非常之高。南朝宋文学家刘义庆在其所著的《世说新语》之中，便有"常得无事，痛饮酒，熟读《离骚》，便可称名士"的言论。明朝著名学者胡应麟曾言："唐人绝句千万，不能出此范围。"宋代著名词人辛弃疾也有"千古《离骚》文字，芳至今，犹未歇"的评论。在《汉文学史纲要》中，鲁迅先生更是将《楚辞》抬到了连《诗经》都不能比拟的高度上，"逸响伟辞，卓绝一世。……其影响于后来之文章，乃甚或在三百篇以上"。

在《楚辞》的影响下，中国文人的浪漫主义情怀受到滋养，得以生根发芽，其想象力与创造力得以源源不断、永不枯竭。

那么，为什么《楚辞》的浪漫主义风格如此突出呢？主要是因为以下三个方面。

1. 先秦时期是中国早期文明发展的高峰

从周代开始，中国的语言文字更加普及与快速发展。春秋时期，各个诸侯国出现了私人著书的现象，大量民歌也以文献的形式流传开来。到了战国时期，私人著书的现象已经比较普遍了，而且各思想流派争芳斗艳，出现了百家争鸣的局面。因此，大量诗歌、传说、神话通过文字的形式传播开来，形成了《楚辞》这样的浪漫主义文学。可以说，我们今天读到的大部分神话传说都是在战国时期出现的。

2. 屈原用楚国的特色语言来抒发情感

屈原是楚国大夫，也是楚国贵族。他的爱国主义精神促使他运用楚国的文学样式、方言声韵和风俗来创作。无论是他早期的作品《橘颂》，还是脍炙人口的名篇《离骚》《天问》，都蕴含着楚地的风俗文化，展现了他丰富的想象力和绚烂的文采。

　　屈原所处的时代，恰好是一个人类放飞想象的时代。所以无论是他，还是与他同时代的文人，他们的作品都充满了浪漫主义气息。在《楚辞》中，诗人可以通过精神重建来抵御现实的黑暗，它对后世的影响可谓深远。

　　汉代文学家贾谊将自己看作屈原的继承人，唐代著名的浪漫主义诗人李白更是十分崇拜屈原。除此之外，屈原的《楚辞》还影响了诸如郭沫若等现代诗人。郭沫若早年的诗歌《女神》，便是受屈原影响而创作的。

　　《楚辞》是中华文学宝库里璀璨的明珠，是世界浪漫主义文化的瑰宝，影响了一代又一代人。

二、独特的骚体、赋体

　　人们将《楚辞》的文体称为"楚辞体"，又因屈原作品中以《离骚》最为有名，所以又被称为"骚"或"骚体"。到了汉代，人们普遍将《楚辞》称为"赋"，一些学者作了与《离骚》体裁相似的"赋"，如司马相如的《长门赋》、班固的《幽通赋》、张衡的《思玄赋》等。

　　楚辞本为楚地的歌辞，后来被楚国大夫屈原吸收精华，创作出《离骚》等名篇，最后由刘向整理成诗歌集。《楚辞》原收十六篇，包括《离骚》《天问》《九歌》《九章》《七谏》《九怀》《九叹》《九辩》《远游》《卜居》《渔父》《大招》《招魂》《惜誓》《招隐士》《哀时命》，后王逸增入己作《九思》，变成十七篇。

　　《离骚》是《楚辞》中的代表作，又是屈原本人所作的骚体诗，故而人们习惯以"骚"指代《楚辞》。骚体诗歌篇幅较长，句式参差灵活，且常用"兮"字作语助词，如《离骚》中"帝高阳之苗裔兮，朕皇考曰伯庸。摄提贞于孟陬（zōu）兮，惟庚寅吾以降"。后代文人在作骚体诗歌时，也会用"兮"字作语助词，比如韩愈在《复志赋》中就用了"兮"字，"居悒（yì）悒之无解兮，独长思而永叹；岂朝食之不饱兮，宁冬裘之不完"；唐代著名文学家柳宗元在《惩咎赋》中也用了"兮"字，"惩咎愆（qiān）以本始兮，孰非余心之所求？处卑污以闵世兮，固前志之为尤"。

骚体诗与《诗经》相比主要有以下特征：句式上有突破，章法上有革新，多种形式交互为用，体制上有扩展，七言古诗开始出现。

《残荷鹰鹭图》（局部）

赋体与骚体不同，赋体指的是辞赋的体制或体裁，是随着辞赋的发展而不断演变的。辞赋的源流仍然是屈原的《离骚》。不过，经过各个朝代的发展与演变，赋体逐渐形成了骚体赋、汉大赋、骈体赋、骈文律赋、白话赋等不同的发展时期，形成了多重风格与多种流派。

有学者将赋体分为古赋、俳（pái）赋、律赋、文赋四种。下面，我们就一起来看看这四种赋体的区别。

1. 古赋

古赋包括战国时期文学家荀子创作的《赋篇》和汉赋。荀子在《赋篇》中记述了礼、知、云、蚕、箴五种事物，每篇赋都以韵散相间和问答体的方式描写一种事物。汉赋源于荀子的《赋篇》，且在文学体制上更接近于《楚辞》。比如贾谊的《鹏（fú）鸟赋》《吊屈原赋》，司马相如的《子虚赋》《上林赋》，以及赵壹所作的《刺世疾邪赋》。

2. 俳赋

俳赋是赋体的一种，也就是我们常说的骈赋。骈，即对偶的意思。骈赋的句尾有韵脚，与骈文不同；又因其对仗工整，所以被称作"俳赋"。

魏晋南北朝时期的骈赋，最主要的特点就是通篇基本对仗，两句可成一联，句式灵活多变，用词华丽，行文流畅，音韵自然和谐。比如曹植的《洛神赋》、陆机的《文赋》。

3. 律赋

隋朝创立了科举制度，到了唐朝，科举制度逐渐完善，诗赋也被列入科举的考试科目。于是，专门用于考试的律赋应运而生。律赋是在骈赋的基础上形成的赋体，更加注重对仗与声韵，一般为四言两句八字，即限八韵。宋朝是律赋的发展期，元朝、明朝在考试时不考律赋，所以这两个朝代的律赋作品较少。清朝是律赋发展的高峰，这一时期律赋名家辈出，大多都是以才情、学识见长的诗人和学者。

4. 文赋

文赋的产生与唐代的古文运动密不可分。当时一部分文人认为虚浮华丽的骈赋不贴近生活，于是便决定借鉴秦汉的古赋，力求让赋更加务实，更加反映现实生活。

无论是更接近于《楚辞》和战国文风的古赋，注重声韵、对仗的俳赋，还是字句、韵式限制严格的律赋，抑或是近似散文的文赋，都是中华赋文化的重要组成部分，是我们中国人独有的、宝贵的精神财富。

三、赋为何能在汉代脱颖而出

赋是一种不同于散文，也不同于诗词的韵文体。这种文体在汉代最为流行。汉代四百多年间，大多数文人致力于赋的创作，因而赋盛极一时。因赋在汉代脱颖而出，故而后世将其看作汉代文学的代表。

早在先秦时期，儒家代表人物之一荀子便创作了《赋篇》。那时，赋的特点主要是铺陈写物，"不歌而诵"。所以，先秦时期的赋朗朗上口，更接近于散文，在结构上也多采用问答的形式。

汉朝君臣多为楚地人，随着西汉王朝的建立，楚文化开始流行起来。这一时期，不仅楚地的歌谣开始兴盛，就连屈原、宋玉等人创作的《楚辞》也获得了极高的地位。楚辞最初是因南方诸侯王的爱好而开始复兴的，通过南方文人的发扬，创作楚辞的风气逐渐北移，继而影响全国。

在《楚辞》的影响下，汉朝文人开始从事新的创作。不过，汉朝文人并不满足于传统楚辞。他们在楚辞原有的风格与体式下，演化出了一种全新的文体。对于楚辞与汉朝新兴起来的辞赋，那时人们都将之统称为"赋"，并不作严格的区别。

不过，楚辞与汉赋还是有一定区别的。比如楚辞更讲究抒发热烈的情感；而汉赋则变成状物的特殊文体，这种特殊文体介于诗、文之间，常用夸张的手法铺陈叙述。到了西汉时期，汉赋已经成为汉代文学的代表，并影响了中国的文学发展。

汉赋之所以能在汉朝脱颖而出，与当时的社会状况有着密切的联系。

虽然中国在汉高祖刘邦的带领下走向统一，但经过多年的战争，各个领域都呈现出凋敝的状态。正如《汉书·食货志》所言："汉兴，接秦之弊，诸侯并起，民失作业而大饥馑。凡米石五千，人相食，死者过半。"当时，就连皇帝巡游所用的马匹都找不到颜色相同的，社会生产力

写有《神乌赋》的汉代竹简

之衰弱可见一斑。

为了发展民生，汉初的几个统治者都奉行黄老之学的"无为而治"，以休养生息。到了汉景帝时期，汉朝已经积累了不少财富，这让他的儿子、未来的汉武帝刘彻开始不满足于休养生息了。到了汉武帝时期，汉王朝国势强盛，经济发展状况良好，文人雅士的眼界和胸襟得以开阔。这样的盛世，为赋家提供了宣扬大汉王朝声威的主题。

除此之外，汉朝皇帝大多喜好文艺，尤其是汉武帝，不仅喜欢附庸风雅，而且好大喜功，因此招揽了很多文人雅士在自己身边。汉武帝以功名利禄诱之，自然有不少饱学之士愿意为其歌功颂德。这样一来，汉赋自然就兴盛起来了。

从汉赋的形成与发展看，我们可以将其分为三个阶段。

第一阶段是骚体赋。汉初，文人在创作时受楚辞和战国之风影响，所作之赋大多为传统的骚体赋。这一时期的代表人物为贾谊、淮南小山（淮南王刘安的一部分门客的共称）等，代表作为《吊屈原赋》《招隐士》等。

第二阶段是散体大赋。西汉中期，汉赋从骚体赋逐渐演变为具有独立特征的散体大赋。这一时期是汉赋最为兴盛的阶段，代表人物为枚乘、司马相如、扬雄、班固等，代表作为《七发》《子虚赋》《上林赋》《甘泉赋》《河东赋》《羽猎赋》《长杨赋》《两都赋》等。

第三阶段为抒情小赋。东汉中期，散体大赋逐渐衰落，一些抒情、言志的小赋开始流行起来。这些小赋不像散体大赋那般简单僵化，反而手法灵活，风格多样，对后世文学观念产生了重要影响。这一时期，汉赋的代表人物为张衡、赵壹、蔡邕、祢衡等，代表作为《归田赋》《刺世疾邪赋》《述行赋》《鹦鹉赋》等。

四、骚体赋到散体大赋

散体大赋师承骚体赋，也颇具《诗经》的风雅和战国时期的纵横游说之风。散体大赋通常用问答的形式进行描述，其内容多为替统治者歌功颂德、扬威颂圣，故而它的内容与思想比较空泛，艺术形式也比较简单僵化。

前面提到，骚体赋是从《楚辞》中发展而来的。汉初，以贾谊为代表的文人十分推崇骚体赋。可随着时间的推移，骚体赋逐渐退出了历史舞台，取而代之的是一种名为"散体大赋"的文体。

散体大赋的代表作有司马相如所著的《子虚赋》《上林赋》，枚乘的《七发》，扬雄的《长杨赋》《羽猎赋》，班固的《两都赋》，张衡的《二京赋》，等等。

散体大赋是汉赋的典型代表，其气势恢宏，是一种可以反映汉王朝帝国气势与风貌的诗性化散文文体，也展示了汉朝统治者的尊贵。散体大赋能帮助汉朝统治者巩固统治、统一人民思想，是汉代思想文化的主流。关于汉代散体大赋，我们可以从篇幅、形式与主题这三个方面进行研究。

1. 散体大赋的篇幅

散体大赋的篇幅，十分鸿巨，大有《楚辞》之风。南北朝时期著名文学理论家、批评家刘勰在其所著的《文心雕龙·辨骚》中，给出了散体大赋篇幅宏大的原因——"是以枚、贾追风以入丽，马、扬沿波而得奇"。也就是说，散体大赋之所以篇幅宏大，是因为汉朝文人受骚体赋的影响，潜意识地将《离骚》当作追慕、模仿的对象。

2. 散体大赋的形式

事实上，经过汉武帝的提倡，汉赋包容了楚辞的浪漫精神，其借鉴骚体赋的形式也成为一种必然。比如散体大赋多以问答形式呈现，这与战国时期的合纵连横之策有关。战国时期，纵横家所宣扬并推行的合纵连横的外交与军事政策十分流行。汉初著名文士，如枚乘、贾谊、邹阳、刘安、

《文心·雕龙·辨骚》

枚皋等，都是以文辩著称的。而这些能言善辩的文人都是作赋能手，无怪散体大赋的形式都采用问答形式了。

《汉书·艺文志》记载了大多文辩家所作之赋。这些赋与战国时代游士极逞辩丽、宏阔之辞的形式相似，都是纵横铺陈的。因为汉朝国力较为强盛，所以文人喜欢对现实生活尽情铺陈和炫耀。

3. 散体大赋的主题

散体大赋的主题主要是讽谏与颂赞两个方面。

正如南朝宋檀道鸾在其所著的《续晋阳秋》中所说的那样，"自司马相如、王褒、扬雄诸贤，世尚诗赋（一作赋颂），皆体则风骚，诗（一作傍）综百家之言"。檀道鸾所提及的这些名人，大多是散体大赋的代表人物，他们都崇尚《诗经》和《楚辞》，并模仿其风格进行创作。可见《诗经》和《楚辞》对后世文学创作的影响。清朝文人章学诚在其所著的《校雠通义》中言："古之赋家者流，原本诗骚，出入战国诸子。"章学诚将散体大赋的讽谏之意看作是《诗经》《楚辞》精神的传承。

汉王朝散体大赋的繁荣，与大汉帝国的强盛有着不可分割的关系。宏大的结构、较长的篇幅，能让赋家更好地描绘自己生活的时代，描绘这个时代的领军人物。那些令人眼花缭乱的生活图景，都让散体大赋增光添彩。

五、咏物述怀的抒情小赋

抒情小赋，是指篇幅短小且多用韵文的赋。抒情小赋句式多样，具有骈俪色彩，更擅长托物言志、咏物抒情、针砭时弊。抒情小赋多采用铺排手法，语言比散体大赋更为朴素。

从形式上看，大部分抒情小赋通篇都用四言，有些则是四言、六言兼用。从内容上看，抒情小赋很擅长托物言志、咏物抒情、针砭时弊。从风格上看，抒情小赋风格多样，有的慷慨激昂，有的清丽自然。

诗大多为情而造文，而赋却常常为文而造情。诗以抒发情感为主，赋则以叙事状物为主。汉朝的抒情小赋与前面所述差不多，通常是介于诗与文之间。

汉末，抒情小赋逐渐往诗意方向发展，比如赵壹的《刺世疾邪赋》、祢衡的《鹦鹉赋》、蔡邕的《述行赋》、张衡的《归田赋》都是比较有名的作品。其中，张衡的《归田赋》是汉赋由散体大赋转向抒情小赋的标志。

自东汉中叶起，汉赋进入转变期，咏物的小赋开始占较大的比重。这时，文人除了歌颂皇家猎苑、皇宫大殿，还会歌颂花鸟鱼虫、草果树木、风花雨雪、山川湖海等。这一时期的抒情小赋语言简练，结构短小，内容生动，需要作赋者具备极高的"临摹技巧"。

比如司马相如的《梨赋》，仅用一句"唰嗽其浆"，就将梨子甜脆多汁的特点描述出来了。再比如张奂的《芙蕖赋》，用"缘房翠蒂，紫饰红敷。黄螺圆出，垂蕤（ruí）散舒。缨以金牙，点以素珠"六句，就将从含苞待放到花开缤纷的红粉荷花描述出来了。

除却自然花鸟，一些常见的摆件、家具也是人们可以状物抒情的对象。比如中山靖王刘胜的《文木赋》，就是一篇描写木头的抒情小赋。

"或如龙盘虎踞，复似鸾集凤翔。青纲（guā）紫绶，环璧珪（guī）璋。重山累巇，连波迭浪。奔电屯云，薄雾浓雾。麚（jiā）宗骥旅，鸡族雉群。蠋（zhú）绣鸯锦，莲藻芰（jì）文。色比金而有裕，质参玉而无分。"

这篇《文木赋》先为读者铺设了树木生长的样子和伐木工人在采伐树木时所爆发出的山崩地裂的巨大声响，从而衬托出木头不同寻常的来历。接下来，他将树木割开后的纹路、色泽之美描述得淋漓尽致。我们可以看到，刘胜使用了多个比喻，来形容这块木头纹理的特殊之美。而且，他还用金、玉与这块木头相比，来衬托这块木头的色彩之绚丽，地位之高贵。最后，作者告诉我们，这块木头将被做成各种精美的器物，用来装点美化君子的生活。虽然这篇《文木赋》只有寥寥二百余字，但给人们带来的美感冲击却是非常强烈的。

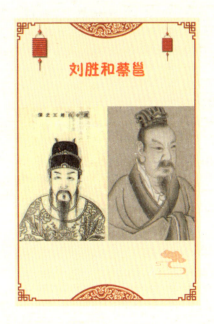

那些写抒情小赋的作者不但擅长对静物进行描绘，还很擅长捕捉运动的物体。比如公孙乘，就在其所著的《月赋》中，描写了月出升天的过程："猗（yī）嗟明月，当心而出。隐员岩而似钩，蔽修堞（dié）而分镜。既少进以增辉，遂临庭而高映。炎日匪明，皓璧非净。"这段话的意思是，月亮刚刚升起，当被远处的山峰所遮挡时，形状宛如银钩；有时，月亮被长长的矮墙遮蔽，又像一面圆镜被分开。月亮慢慢升起，呈现出半圆的形状。后来，它越来越亮，终于爬到了天空的正中央。月亮洁白无瑕，甚至比夏季的太阳更加明亮，比洁白的美玉更加纯净。

可以说，抒情小赋具有独特审美价值，能很好地表达作者的思想与情感，是汉赋的重要组成部分。

六、魏晋南北朝骈文

骈文，中华文学史上特有的一种文体。骈文在魏晋时期形成，在南北朝时期广为流行。最初，骈文并无正式的名称。南朝梁简文帝萧纲将其命名为"今体"。《文心雕龙》作者刘勰则将其命名为"丽辞"。到了唐朝，"骈文"一名才确定，其出自柳宗元《乞巧文》中的"骈四俪六，锦心绣口"。

骈文的"骈"字，由"马""并"组成，取"两匹马并驾齐驱"的意思。因此，"骈"指两两相对的东西，而所谓的"骈文"主要是以对偶行文的文章。

骈文于魏晋之初形成，尤其是建安时期，更是骈文快速萌芽和发展的时期。其中，"三曹"与"建安七子"对骈文的形成作出了重要贡献。"三曹"指的是曹操与其子曹植、曹丕，"建安七子"指的是建安年间的七位文学家——孔融、陈琳、王粲、徐幹、阮瑀、应场、刘桢。当时，曹植所著的《求自试表》、曹丕所著的《与朝歌令吴质书》和孔融所著的《举祢衡表》等，都已经具备骈文的基本特征。

到了西晋时期，骈文逐渐变得凝练。文章中，几乎所有句子都是排偶句，而这些语句还要求从典籍中化出。这种可以追求形式技巧的方式让骈文在南北朝时期迅速发展起来。

西晋学者傅玄、张华、陆机等人所创作的骈文在当时几乎成为文学之正宗。到了南北朝时期，骈文的发展达到鼎盛。当时，无论是短札小文，还是鸿篇巨作，都采用骈文的形式书写。当时，颜延之、谢灵运等创造了"四六"句式，即在十字之内上下变化，或上六下四，或上四下六。南朝齐梁时期，沈约又创造了对诗歌格律影响很大的"四声八病"说。这些对句式、格律的要求都成为骈文的特色与时尚，对后世文学产生了很大影响。

总的来说，骈文的特点除却形式华美，主要有以下四点。

1. 对偶行文

起初，骈文的特点是骈散兼行，那个时期的骈文多用对偶句，但也会掺些许杂句、散句。如应璩所著的《与侍郎曹长思书》："足下去后，甚相思想。叔田有无人之歌，闺阁有匪存之思，风人之作，岂虚也哉！王肃以宿德显授，何曾以后进见拔，皆鹰扬虎视，有万里之望……德非陈平，门无结驷之迹；学非扬雄，堂无好事之客；才劣仲舒，无下帷之思；家贫孟公，无置酒之乐。悲风起于闺闼（tà），红尘蔽于机榻。幸有袁生，时步玉趾；樵苏不爨（cuàn），清谈而已，有似周党之过闵子。"文中首尾均大量使用散句。

到了后来，骈文的对偶行文变得十分严格，如庾信的《哀江南赋序》："日暮涂远，人间何世！将军一去，大树飘零；壮士不还，寒风萧瑟。荆璧睨柱，受连城而见欺；载书横阶，捧珠盘而不定。钟仪君子，入就南冠之囚；季孙行人，留守西河之馆。申包胥之顿地，碎之以首；蔡威公之泪尽，加之以血。钓台移柳，非玉关之可望；华亭鹤唳，岂河桥之可闻？"这篇骈文便是全篇骈偶，无一句散句，是骈文的典型典范。

写有骈文的魏碑拓片

2. 平仄相对

平仄相对是骈文的另一大特点，除却词义、词性的相对，作者还必须考虑字音、声调的相对。例如沈约在《贺齐明帝登祚启》中的"皇源浚远，帝宝连晖；基深庆厚，道贯万叶"，便是骈文中平仄基本相对的典范。

3. 博引典故

骈文创作者很擅长文章的表现技巧，其中最明显的便是"援古以证今"。比如曹植在其所著的《与吴季重书》中提到的"萧、曹不足俦（chóu），卫、霍不足侔（móu）"，孔稚珪在其《北山移文》中提到的"泪翟子之悲，恸朱公之哭"等，便是典型的引经据典的例子。

4. 文采华艳

骈文讲究文采的华艳，是从建安时期传下来的。到了南北朝时期，这种华美绝伦的风格就更加明显了。比如徐陵的《〈玉台新咏〉序》："纤腰无力，怯南阳之捣衣；生长深宫，笑扶风之织锦。虽复投壶玉女，为观尽于百骁；争博齐姬，心赏穷于六箸。无怡神于暇景，惟属意于新诗。庶得代彼皋苏，微蠲（juān）愁疾。"其文辞繁彩竞丽，华艳非常。

骈文的优点很多，音节和谐，对比强烈，艺术感染力十分浓厚，在引经据典时又含蓄雅正。可以说，骈文是中华古典文学史上璀璨的明珠。

七、丽与雅并存的唐赋

唐赋虽不如汉赋那般盛于当时，但却以丽与雅闻名于世。"丽"指唐赋清丽、媚丽，"雅"则是唐赋的首要风格。唐赋的代表作为杜牧的《阿房宫赋》，这篇赋华丽典雅、内容深刻，是唐朝时期难得的佳作。

唐赋之丽在于清丽、媚丽，令人读之有惊采绝艳之感。雅是唐赋的首要准则，主要体现在赋体的宏观建构、词采、宫律和章句上。

在唐赋中，最有代表性的当数杜牧的《阿房宫赋》。下面，我们就以《阿房宫赋》为例，一起来体味唐赋中的丽与雅。

杜牧的《阿房宫赋》共分四段。开篇为"六王毕，四海一。蜀山兀，阿房出"。这四个三字短句以不凡的气势达到了先声夺人的效果。紧接着，杜牧用了一系列极尽清丽的句子，来描绘阿房宫的富丽繁华、规模宏伟，"二川溶溶，流入宫墙。五步一楼，十步一阁；廊腰缦（màn）回，檐牙高啄；各抱地势，钩心斗角。盘盘焉，囷（qūn）囷焉，蜂房水涡，蠢不知其几千万落。长桥卧波，未云何龙？复道行空，不霁何虹？高低冥迷，不知西东。歌台暖响，春光融融；舞殿冷袖，风雨凄凄"。

第二段，杜牧着重描写阿房宫内数不清的佳人与珍宝，以此凸显秦朝统治者奢靡的生活。在这一段，杜牧接连使用了"明星荧荧，开妆镜也"等几组排比句式，来描绘宫人梳妆打扮时的奢靡场景。而"燕赵之收藏"，则被秦始皇像石块、土块一样随意丢弃在一旁。

第三段，杜牧由描写转为议论，以"嗟乎"发出感叹，来揭示本赋的写作意义。与其他朝代的赋不同，杜牧的用词十分风雅，如"秦爱纷奢，人亦念其家。奈何取之尽锱铢，用之如泥沙"，这些语句也足见唐赋之丽。

第四段，作者在"呜呼"之后提出论点，对"后人"委婉地提醒——骄奢淫逸，无异于自取灭亡。当然，这里的"后人"就是指唐朝的统治者。这足见唐赋同唐代诗歌一般都具有庙堂性，也是唐赋的另一个特点。

八、内容多样的宋赋

宋赋的名气虽然比不上宋词，但在宋朝，不少学子和士大夫都是赋体文学的爱好者，这也使得宋赋成为宋代文学史上一种重要的文学体裁。

赋作为一种兼具骈文与韵文特征的文学体裁，从先秦的骚体赋发端，在两汉以大、小赋为盛，魏晋南北朝时则以骈赋成就最高，唐朝以律赋最具代表性，宋赋则成了诸体兼备的赋体。

若说宋赋中最有特色的赋体，那便是宋代的文赋了。欧阳修的《秋声赋》、苏轼的《赤壁赋》，都是当时的文赋佳作。

所谓"文赋"，是相对于骈文赋而言的一种赋体，其采用古文写作，不拘骈偶，读起来不那么优美，背起来不太顺溜。

关于文赋的特征，明代学者徐师曾在《文体明辨》中提道："文赋尚理，而失于辞，故读之者无咏歌之遗音，不可以言丽矣。"这便是在说文赋虽然文辞在理，但却不符合骈偶声律要求，甚至不能算作是赋体。

"壬戌之秋，七月既望，苏子与客泛舟游于赤壁之下。清风徐来，水波不兴……浩浩乎如冯虚御风，而不知其所止；飘飘乎如遗世独立，羽化而登仙。"从这段节选自苏轼《赤壁赋》的文字便可以看出，文赋并不像骈赋那般对仗工整，读起来也没有骈赋那般平仄对仗的自然和谐之感，但其文字的文采却丝毫不减，这也是文赋能够成为一种独立赋体的重要原因。

从《秋声赋》《赤壁赋》这些具有代表性的文赋佳作可以看出，宋代的文赋主要有以下四点特征。

（1）体制短小，构思巧妙。

（2）以散句为主，重在表意。

古人绘《赤壁图》

（3）音韵虽不严格对仗，但整体和谐，可自由换韵。

（4）相比于篇章的美感，更注重言理，表达作者的哲思。

欧阳修和苏轼开文赋先河，但并没有让文赋一跃成为超越其他赋体的存在。在很长一段时间里，律赋依然是宋代文人雅士推崇的赋体。在北宋古文运动后，文赋得到了提倡与推广，但流传于后世的宋代文赋作品却依然很少。

九、元明清三代赋

元明清三代的赋体文学，已经逐渐走向衰落。这一时期虽也有名家辞赋传世，但其影响力已然不足。但不可否认的是，每个时期的辞赋作品都能展现出其时代的独有特色，元明清的辞赋也展现出了一些与前代不同的特征。

赋体文学在元明清三代走向衰落，一方面是受到了戏曲、小说等新兴文学体裁的冲击，另一方面则是因为其自身的特征不再符合这一时期人们的艺术追求与审美。但与诗、词、散文一样，辞赋作为一种重要的文学体裁，在当时依然受到了一些士人的重视。

从辞赋数量上来看，元明清三代的辞赋数量颇为可观，很多士人都擅长作赋，但艺术水平参差不齐。辞赋在走向衰落的时代同样有辉煌时刻。

元明清三代历时六百多年，士人的辞赋创作始终没有断绝。在不同的时期，士人的辞赋创作表现出不同特征，按赋体类型不同，可以分为以下四个创作时期。

1. 沿袭宋赋文风

元朝时期的社会文化风俗多承袭于宋朝，这一时期的辞赋发展也沿袭了宋赋的风格。元朝末年，社会矛盾空前激化，文学创业也更贴近于社会生活，士人创作了一些揭露现实的辞赋作品。

2. 诸类赋体皆复兴

明朝后期到清朝初年，文学领域呈现繁荣局面，辞赋创作也是如此。反映社会矛盾依然是士人创作辞赋的主旨，小赋成为最先复兴的赋体。其后，散体大赋、骚体赋、骈赋也都得到复兴。这一时期的士人创作了大量辞赋。这些辞赋无论在质量上，还是在数量上，都达到了较高水平。

3. 律赋再度兴盛

清朝中期，统治者在政治文化上采取的高压政策限制了人们的自由思想，但却没有中断士人的辞赋创作热情。律赋在这一时期再度兴盛，一批律赋大家创作了许多优秀的律赋作品。结合此前复兴的散体大赋、骚体赋和骈赋等，这一时期的"复古赋体"重新焕发了光彩。

4. 辞赋创作逐渐衰弱

清朝后期，内忧外患的局面打破了清王朝的稳定统治，辞赋创作也逐渐走向衰弱，但这一时期依然涌现了一批优秀的辞赋创作大家。他们用手中的笔揭露社会现状，批判腐朽的政权，发出了文人的呐喊。

总的来说，元明清三代的赋体文学更贴近于社会现实，尤其是各朝代中晚期，士人多通过辞赋创作来描写、揭露、批判社会现实。从这一角度来讲，元明清三代的赋体文学在审美价值之外，也具有重要的文化意义。

第三章

中华古典
歌赋大家

一、伟大的爱国主义诗人——屈原

屈原（约前340—约前278年），姓芈（mǐ），
屈氏，名平，字原，战国时期楚国大夫，中国古代
著名诗人、政治家、思想家，其代表作有《离骚》
《九歌》《九章》《天问》等。

屈原是中国历史上著名的爱国诗人，也是中国浪
漫主义文学的奠基人。屈原是《楚辞》的代表
作者，开辟了"香草美人"的传统。"香草美人"是一种
继承并发挥了《诗经》比兴手法的象征手法，美人、香草
是用来比喻君子的，恶木、秽草是用来比喻小人的。屈原
作品的出现标志着中华歌赋从集体歌唱进入到个人独创的
时代，故而他被誉为"中华诗祖""辞赋之祖"。

屈原是战国时期楚国重要的政治家，也是皇室贵族成
员之一。早年，屈原颇受楚怀王信任，任左徒、三闾大
夫。后来，屈原提倡的政治主张触犯了贵族利益，被人排

挤诬陷，最终被流放到沅湘流域。后来，秦国大将白起一举攻破楚国国都郢（今湖北江陵），屈原闻消息悲愤交加，遂抱石自沉于汨罗江以身殉国。

毫无疑问，屈原是一个悲剧人物，但他的文采却让人忽视了他那多舛的命运。从屈原开始，中国才有了诗人、作家、文学家，他创立的楚辞文体，也被誉为"衣被词人，非一代也"。

屈原的代表作有《离骚》《天问》《九歌》《九章》等。其中，《离骚》是屈原将自己的遭遇、痛苦、热情、理想等熔铸而成的诗歌；《天问》是屈原对自然现象、神话传说、历史故事等的发问，内容奇绝，展现了他的历史观与自然观；《九歌》是楚国祀神乐曲，经屈原的加工和润色，使其既庄严肃穆，又充满了浓厚的生活气息。

与《诗经》不同，屈原创作的作品大多为虚幻的内容。这些内容反映了现实生活中的种种矛盾，尤其是揭露了楚国内部政治的黑暗。除却内容，屈原的作品在体制上也与《诗经》有很大区别。《诗经》中的诗歌大多为短篇，而屈原的诗歌却是鸿篇巨制。就拿《离骚》来说，全篇两千四百余字，将"赋""比""兴"三种表现手法巧妙地糅合在一起，将抽象的意识、品德与具象的现实通过文字表达出来。屈原的作品文采斐然、辞藻瑰丽，诗歌中充满风云日月、香草美人和恶木秽草等意象，将奸佞当道、爱国志士报国无门的窘况描写得淋漓尽致。

屈原的作品，最打动人心的便是他的爱国情怀。正如其在《九章·哀郢》开头所写："皇天之不纯命兮，何百姓之震愆？民离散而相失兮，方仲春而东迁。"屈原为国破家亡而痛，为百姓流离失所而苦，这种深沉的情感让其作品意趣丰富、意象超拔。

屈原为中华传统歌赋的创作开辟了一片新天地，是中国文学史上璀璨的明珠。1953年，世界和平理事会通过决议，将屈原确定为"世界四大文化名人"之一。

二、谦谦君子，温润如玉——宋玉

宋玉（约前319—约前262年），战国时期辞赋家，楚国人。据说其早年曾师事屈原，与唐勒、景差同辈。代表作有《九辩》《风赋》《高唐赋》《登徒子好色赋》《神女赋》等。

中国自古便有"谦谦君子，温润如玉"这样的形容词，而宋玉，便是这样一位才华横溢、性格温润的君子。《史记·屈原贾生列传》中记载："屈原既死之后，楚有宋玉、唐勒、景差之徒者，皆好辞而以赋见称。"可见宋玉很擅长辞赋，文采斐然，是屈原之后楚国著名的辞赋家。

宋玉在文学上的成就虽然无法与屈原相比，但却是屈原诗歌艺术的继承者。从宋玉的作品中，我们不难发现他文笔细腻工致，在楚辞与汉赋间起到了承前启后的作用。所以，后世经常将屈原与宋玉并称。如唐朝著名诗人李白，就用"屈宋长逝，无堪与言"来形容宋玉在文学史上的地位。

在文学思想上，宋玉承老庄道学。不管是遣词造句、立意构思、谋篇布局，还是引经据典，都能看到《老子》《庄子》《列子》的影子。尤其是道教开山鼻祖老子和庄子，对宋玉更是有非常大的影响。

我们可以从宋玉辞赋中的句式看出《道德经》的影子。比如宋玉在创作《九辩》时，以"悲哉，秋之为气也！"开头，随即便用了一组与《道德经》相同的"兮"字比喻句来描述秋天苍凉的景色——"萧瑟兮草木摇落而变衰。憭（liáo）栗兮，若在远行；登山临水兮，送将归。泬（xuè）寥兮，天高而气清；寂寥兮，收潦而水清……"

不仅是风景，在描述人物形象时，宋玉也经常使用此类比喻句。比如在《高唐赋》中，宋玉便以"其始出也，曭（duì）兮若松榯（shí）；其少进也，晰（zhé）兮若姣姬，扬袂鄣（zhāng）日，而望所思。忽兮改容，偈（jié）兮若驾驷马，建羽旗。湫（qiū）兮如风，凄兮如雨"来描写神女的形象；在《神女赋》中，宋玉也是使用了"晔兮如华，温乎如莹""忽兮改容，婉若游龙乘云翔"此类比喻来描述神女形象。

《庄子》与《列子》也对宋玉的辞赋描写有着重要

影响。比如宋玉在《钓赋》中，描绘了玄洲善钓的场景。
"夫玄洲钓也，以三寻之竿，八丝之线，饵若蛆蚓，钩
如细针，以出三赤之鱼于数仞之水中，岂可谓无术乎？
夫玄洲，芳水饵，挂缴钩，其意不可得。退而牵行，下
触清泥，上则波飏。玄洲因水势而施之，颉（xié）之
颃（háng）之，委纵收敛，与鱼沉浮。及其解弛，因而
获之。"

　　而《列子·汤问》中，描写詹何善钓的语句是："詹何
以独茧丝为纶，芒针为钩，荆筱（xiǎo）为竿，剖粒为饵，
引盈车之鱼于百仞之渊、汩流之中，纶不绝，钩不伸，竿
不挠。"还有《庄子·外物》中，描写任公子垂钓场景的
语句："任公子为大钩巨缁（zī），五十犗（jiè）以为饵，
蹲乎会稽，投竿东海，旦旦而钓，期年不得鱼。已而大鱼
食之，牵巨钩，陷没而下，骛扬而奋鬐（qí），白波若山，
海水震荡，声侔鬼神，惮赫千里。任公子得若鱼，离而腊
之，自制河以东，苍梧以北，莫不厌若鱼者。"

　　玄洲善钓与詹何善钓、任公子垂钓有异曲同工之妙，
可见，宋玉的《钓赋》是受《列子》启发与影响的。

　　元代郭翼曾在《雪履斋笔记》中，以"古来绘风手，
莫如宋玉雌雄之论"称赞宋玉。而阳春白雪、下里巴人、
曲高和寡、宋玉东墙等典故，更是让宋玉扬名至今。

三、堪与屈原并称的才子——贾谊

贾谊（前200—前168年），西汉初年著名文学家、政论家，与屈原并称为"屈贾"。贾谊擅长散文与辞赋，其文风格朴实，议论酣畅。鲁迅称贾谊的作品为"西汉鸿文"。贾谊的代表作有《吊屈原赋》《鸟赋》《过秦论》《论积贮疏》等。

公元前200年，贾谊出生于洛阳（今属河南）。年少时，贾谊师从荀况学生张苍。十八岁时，贾谊便因博通诗书、善于写文章而闻名于当地。河南郡守听说了贾谊的才华，便将其招揽到门下。在贾谊的辅佐下，河南郡守政绩卓著。

汉文帝即位后，听闻河南郡守治理有方，便擢升河南郡守为廷尉。河南郡守顺势向汉文帝举荐了贾谊，贾谊获得征召后，被汉文帝委以博士之职。彼时，贾谊只有二十一岁。出任博士期间，每当诏令交下来讨论时，各位老先生还没想好，贾谊已能以精辟独到的见解对答如流。汉文帝十分欣赏贾谊的才华，便对其破格提拔，让他任太中大夫的职位。任太中大夫后，贾谊经常为汉文帝出谋划策。

汉文帝元年（前179年），贾谊呈上《论定制度兴礼乐疏》，提议通过儒学与五行学说来改革礼制，并设计了一整套汉代礼仪制度。贾谊主张"改正朔、易服色、制法度、兴礼乐"，以汉制代替秦制。不过，汉文帝认为自己刚即位，此时大规模改革时机不成熟，因而没有采纳贾谊的建议。汉文帝二年（前178年），贾谊又针对当时弃农经商严重、骄奢淫逸的风气日益增长的现象上《论积贮疏》，提出重农抑商的策略，主张发展农业生产，加强粮食储备。汉文帝采纳了贾谊的建议，下令鼓励农业生产。

周勃、灌婴、冯敬等人嫉妒贾谊受汉文帝重视，纷纷上言，指责贾谊"年少初学，专欲擅权，纷乱诸事"。自此，汉文帝开始疏远贾谊，也不再采纳他的建议。

汉文帝四年（前176年），

贾谊被贬谪到长沙。途经湘江时，贾谊有感而发写下《吊屈原赋》，表达自己报国无门的愤懑之情。谪居长沙几年后，汉文帝想念贾谊，便将其召入京城，与之畅谈。贾谊回京后，汉文帝任命他为梁怀王太傅，先后多次上疏陈治安之道，这些奏疏被后世史家称为《治安策》。汉文帝十一年（前169年），三十二岁的贾谊跟随梁怀王入朝。可世事无常，没过多久梁怀王坠马而死。贾谊身为太傅十分自责，心情也非常忧郁。汉文帝十二年（前168年），贾谊在忧郁中死去，年仅三十三岁。

从贾谊的生平我们不难发现，他的文学作品多为陈政事的疏奏。贾谊的政论散文逻辑严密、感情充沛、气势非凡，既展现了他的斐然文采，又表现了他高瞻远瞩的治国方略和深刻的政治思想。

在贾谊仅存的四篇赋中，最为著名的当属《吊屈原赋》。《吊屈原赋》不仅是汉初骚体赋的代表作，也是最早的"吊屈之作"。自贾谊的《吊屈原赋》起，汉代辞赋家纷纷开始追怀屈原。这也进一步促进了汉赋的发展。

鲁迅曾说，贾谊与晁错的文章"皆为西汉鸿文，沾溉后人，其泽甚远"。可见贾谊在中国文学史上的重要地位。

四、赋圣、辞宗——司马相如

司马相如（约前179—前118年），字长卿，西汉著名辞赋家，"汉赋四大家"之一，被后世称作"赋圣"和"辞宗"。司马相如有极高的审美，其创作的辞赋辞藻华丽，结构宏大，代表作有《子虚赋》《长门赋》等。

司马相如，原名司马长卿，因其十分仰慕战国时期的名相蔺相如，故而将自己的名字改为"相如"。司马相如很喜欢读书、击剑，二十多岁时，他用钱买了个武骑常侍的官职。

不过，此时的司马相如并不出名。等到梁孝王刘武来朝时，司马相如才有机会与枚乘、邹阳、庄忌等有名的辞赋家结交。后来，司马相如因病退职，特意前往梁王封地，和这些与自己志趣相投的文士们共事。

在梁地时，司马相如成为梁孝王的宾客，并为梁孝王写了那篇著名的《子虚赋》。《子虚赋》作于汉景帝年间。
这篇赋气势恢宏、描写工丽、辞藻丰富、骈散相间，标志
着汉大赋已经成熟。

然而，这篇赋并没有获得汉景帝的赏识，因为汉景帝
并不喜欢辞赋。等到汉景帝去世，汉武帝刘彻即位后，司
马相如才因《子虚赋》得到赏识。汉武帝看到《子虚赋》
后以为是古人所作，与负责皇帝猎犬的狗监杨得意谈论
时，叹息自己不能与作者同时代，没想到杨得意与司马相
如是同乡，这才让司马相如与汉武帝见上面。

见面后，司马相如对汉武帝表明，《子虚赋》只是诸
侯王打猎的场景，算不得什么，他可以为汉武帝再写一篇
天子打猎的赋。这篇赋便是《上林赋》。相比《子虚赋》，
《上林赋》更有文采，司马相如采用问答的方式，歌颂了
汉王朝无可比拟的声威，又突出了反对帝王奢侈、维护国
家统一的主旨。《上林赋》一出，汉武帝立刻封司马相如
为郎官。

公元前135年，汉武帝派司马相如去责备大将唐蒙。
唐蒙奉命开通夜郎及其西面的僰（bó）中，但他却杀了
巴蜀当地的大帅，让巴蜀百姓胆战心惊。司马相如到巴蜀
后，发布了一张《喻巴蜀檄》的公告，并采取恩威并施的
手段，将事情处理得十分妥帖。出使完毕，司马相如回京

向汉武帝汇报。此时，唐蒙已开通了夜郎，决定征调巴蜀地区的士卒修路，可当权者却一直反对。后来，司马相如以一篇《难蜀父老》成功地说服了众人。这篇《难蜀父老》采用解答问题的形式，劝少数民族与朝廷合作，是一篇难得的佳作。

公元前 118 年，司马相如逝世。根据《汉书·艺文志》的记录，司马相如共留下二十九篇赋，其中《子虚赋》《上林赋》《大人赋》《长门赋》《美人赋》《哀秦二世赋》六篇存世，《梨赋》《鱼菹（zū）赋》《梓山赋》三篇仅存篇名。

司马相如在两汉辞赋家中成就最高，其辞赋的创作特点，对后世研究汉赋及汉朝文学有着极其深远的意义。

五、博览群书，清静无为的赋家——扬雄

扬雄（前53—后18年），字子云，西汉时期文学家、哲学家、语言学家。汉成帝时，扬雄得同乡举荐，入奏《甘泉赋》《河东赋》《羽猎赋》等。扬雄提出以"玄"作为宇宙万物根源的学说，力求探索事物的发展规律。其仿《论语》作《法言》，仿《易经》作《太玄》。

扬雄是庐江太守扬季的五世孙，从扬季到扬雄，每代都是一子单传。因此，扬雄在蜀地并没有其他亲族。扬雄少时十分好学，博览群书。他为人谦和，爱沉思，崇尚清静无为，不追逐名利，对金钱也没有什么欲望，唯独喜欢辞赋。

扬雄与司马相如同为蜀地才子，不过，司马相如是汉武帝时期的人，比扬雄早出生了百余年。不能与司马相如这样的才子同时代，一直是扬雄心中的憾事。司马相如所

作之赋华丽典雅，扬雄非常佩服。后来，扬雄发现屈原的文采甚至超过司马相如，于是时时为屈原的遭遇落泪。

扬雄崇尚无为而治。在他看来，君子时势顺利就大有作为，时运不济便如龙蛇蛰伏，以待时机，无论如何都不应该投水身亡。为此，扬雄特意从《离骚》中摘取了句子并写文章反驳它，这篇文章便是《反离骚》。作《反离骚》后，扬雄又按照《离骚》原意，重新作了一篇《广骚》，随后又作了一篇《畔牢愁》。

扬雄的行事与思想，与其恩师严君平密不可分。扬雄早年跟随严君平读书，后被大司马车骑将军王音招去，又经同乡举荐，随侍在汉成帝左右。

公元前 11 年正月，扬雄随汉成帝前往甘泉宫，因看到汉成帝的铺张，故而作《甘泉赋》讽刺成帝。后来，扬雄又作《羽猎赋》劝谏成帝。汉成帝赏识扬雄的才华，封他做了黄门郎，扬雄得以与王莽、刘歆等成为同僚。

《游猎图》

王莽当政时，扬雄因病免职，后又被招为大夫。晚年，侯芭常跟扬雄一起居住，二人谈经论道，十分快活。公元前 18 年，扬雄去世，侯芭还为其建坟守丧三年，可见扬雄的人格魅力。

扬雄的作品中，比较有特色的当属他自述情怀的几篇作品，比如《解嘲》《逐贫赋》和《酒箴》等。其中，《解嘲》这首赋描写了汉代制度的某些弊端和当时社会的现状，表达了扬雄反对压抑人才，主张重贤任能的思想。同时，抒发了其有志难酬的悲愤之情。

扬雄其人，早年以擅长辞赋而闻名于世。到了晚年，扬雄对辞赋的看法开始发生改变，甚至还发表了作赋"壮夫不为"，作赋乃是"童子雕虫篆刻"的言论。他还建议将楚辞与汉赋的优劣区分开。扬雄关于辞赋的评论，对后世文人对赋的评价有着一定的影响，尤其是刘勰、韩愈等人，受扬雄的影响颇深。

六、文采斐然的史学家——班固

班固（32—92年），字孟坚，东汉文学家、史学家，其著作《汉书》开创了"包举一代"的断代史体例，并成为后世正史的楷模。汉明帝时期，班固与陈宗、尹敏、孟异共同撰《世祖本纪》。公元82年，班固初步完成《汉书》的撰著；公元92年，受窦宪牵连下狱，死于狱中。

班固出身儒学世家，自幼便聪颖过人。在父伯的教育下，他九岁便能吟诗作赋，成为远近闻名的小才子。班固的父亲班彪，是当时有名的学者，很多人都来拜访他，或求学，或探讨学问。班彪专力从事史学著述，并决心续写《史记》。受父亲的影响，班固也对史学颇为关注，尤其是当朝的事件。

公元44年，东汉著名哲学家王充拜访班彪。他见到班固后十分欣赏，认为班固必能完成撰写汉朝历史的重任。为了更好地丰富眼界，也为了进一步深造，班固在十六岁那年进入洛阳太学学习。在那里，他深入钻研，贯通各种经书典籍，为日后成为一代良史打下坚实的基础。在太学里，班固结识了崔骃、李育、傅毅等一众才子，也获得了先生与同窗的一致赞赏。

公元 54 年，班固的父亲去世。由于家境困难，班固只好从洛阳返回安陵老家。虽然家道中落，但班固的志气却不减分毫。回到安陵老家后，班固决心在父亲所著《史记后传》的基础上，正式撰写《汉书》。

公元 58 年，汉明帝任命东平王刘苍为骠骑将军，并允许刘苍自己选用四十名辅助官员。班固认为这是一个出仕的好机会，于是便积极举荐人才，给刘苍上了一封《奏记东平王苍》。虽然班固本人没有被选中，但他选拔人才的大部分主张都被刘苍采纳了。

公元 62 年，班固私自撰写《汉书》的事情被人告发。汉明帝下诏，将班固以私修国史的罪名逮捕入狱。班固的弟弟班超为了给哥哥申冤，策马穿华阴、过潼关，赶到京

城洛阳上疏汉明帝，将事情详情告知汉明帝。班超的上疏引起了汉明帝对这一案件的重视。汉明帝读了班固的书稿，认为班固是个非常有才华的人，于是便令其担任兰台令史一职。

除却撰写了《汉书》，班固在汉赋方面也有极高天赋。班固创作的汉赋大多为规模宏大、别具特色的散体大赋，其中最著名的当属《两都赋》。《两都赋》是以洛阳、长安为题材所撰写的作品。班固的《两都赋》规模宏大，成就突出，成为京都赋的范例，且直接影响了张衡创作的《二京赋》和左思创作的《三都赋》。

在作品的表现手法上，以往的散体大赋尊"劝百讽一"的表现原则，而班固的《两都赋》一改传统表现方法中"劝"与"讽"篇幅悬殊的结构模式，其下篇《东都赋》通篇是讽喻、诱导，个人的主张、见解融于字里行间。班固的《两都赋》推动了汉代文学思想的发展，也让赋这种文学体裁在艺术表现和篇章结构关系方面获得了重大突破。此外，班固所作的《封燕然山铭》，文采斐然，内容华美，并成为常用的典故。

七、"汉赋四大家"之一——张衡

张衡（78—139 年），字平子，东汉时期天文学家、文学家。张衡创制了候风地动仪、浑天仪，被后人誉为"木圣"。其天文学著作有《灵宪》《浑天仪注》。除却科学领域的成就，张衡还是"汉赋四大家"之一，其代表作有《二京赋》《归田赋》等。

张衡出生在南阳的一个大姓家族中，其祖父张堪从小聪慧机敏，被人称作"圣童"。张堪曾随大司马吴汉讨伐割据益州的公孙述，立有大功。后来，张堪又因领兵抗击匈奴有功，被拜为渔阳太守。在渔阳太守任上，张堪在狐奴地区（今属北京顺义）开稻田八千余顷，鼓励人们耕种，带领人民过上富裕生活。所以，民间便有"张君为政，乐不可支"的盛赞。

张衡与其祖父张堪一样，自幼便十分聪颖，而且愿意吃苦。少年时期，张衡就已经是远近闻名的才子了。后来，张衡离开家乡，来到今陕西省西安市一带游学。这里是秦汉古都，有大量可供张衡学习创作的素材。后来，张衡又前往东汉都城洛阳，进了最高学府太学，并结识了著名学者崔瑗（yuàn）。

张衡的兴趣十分广泛，他曾自学五经，又融会贯通六艺的道理。除却算学、天文、地理和机械制造等领域，张衡的志趣大半在诗歌、辞赋上。

张衡比较全面地继承了前代赋家的作赋手法与核心内容，比如司马相如的《子虚赋》，班固的《两都赋》《答宾戏》，屈原的《离骚》，东方朔的《答客难》，枚乘的《七发》，傅毅的《七激》等。张衡在吸取前人的艺术创意后，融会贯通地创作出了《归田赋》。

张衡的《归田赋》实现了汉赋主体从鸿篇巨作、侈丽闳衍、重物描绘，向短小精干、清新自然、善于抒情的转变，也开创了抒情小赋的发展时代，为汉赋注入了新活力。

张衡所作之赋，大部分都表达出对现实的批评与否定。他一直在寻求人生的玄妙哲理，并试图从中找到自己的生活空间。

刘勰曾在《文心雕龙》中称"自扬马张蔡，崇盛丽辞，如宋画吴冶，刻形镂法，丽句与深采并流，偶意共逸韵俱发"，又称"张衡通赡，蔡邕精雅，文史彬彬，隔世相望。是则竹柏异心而同贞，金玉殊质而皆宝也"。其中，"扬"指扬雄，"马"指司马相如，"张"指张衡，"蔡"指蔡邕。

东汉末年名士祢衡曾在《吊张衡文》中以"南岳有精，君诞其姿。清和有理，君达其机。故能下笔绣辞，扬手文飞。昔伊尹值汤，吕望遇旦，嗟矣君生，而独值汉"来评价张衡。

八、建安文学代表——曹操父子

曹操父子多指"三曹"，即曹操、曹丕、曹植三人。"三曹"是建安文学的代表，与后世的"三苏（即苏洵、苏轼、苏辙）"齐名。曹操是建安文学新局面的开创者，曹丕擅长诗文及辞赋，曹植是第一个大力创作五言诗的作家。他们的代表作品分别为《短歌行》（曹操）、《观沧海》（曹操）、《燕歌行》（曹丕）、《与吴质书》（曹丕）、《洛神赋》（曹植）、《与吴季重书》（曹植）。

东汉末年，社会动荡，民不聊生。曹操"挟天子以令诸侯"，统一了北方大部分地区，让北方社会处在较为安定的环境中，而建安文学也在相对稳定的社会环境中不断发展。

曹操父子的文学修养都很高，在他们的推动下，原本衰微的文学再次焕发了生机。他们集聚了一大批文人吟诗作赋，这些诗歌、辞赋吸收了汉乐府民歌的精华，或华美，或慷慨悲凉，比较真实地反映了东汉末年文人的思想感情。因为当时正处于建安时期，所以后世将这一时期的文学统称为"建安文学"。

建安文学代表人物的核心就是"三曹"。现在人们提起"三曹"，名声最大的为曹操，曹植次之，最后是曹丕。南朝的钟嵘在其所作的《诗品》中，将曹植的作品列为"上品"，且对曹植极尽赞誉之词，曹丕为中品，曹操则为下品。下面是钟嵘对"三曹"作品的评价。

"其源出于《国风》。骨气奇高，词彩华茂，情兼雅怨，体被文质。粲溢今古，卓尔不群。嗟乎！陈思之于文章也，譬人伦之有周、孔，鳞羽之有龙凤，音乐之有琴笙，女工之有黼（fǔ）黻（fú）。俾尔怀铅吮墨者，抱篇章而景慕，映余晖以自烛。故孔氏之门如用诗，则公幹升堂，思王入室，景阳、潘、陆，自可坐于廊庑之间矣。"此为钟嵘对曹植作品的评价。

"其源出于李陵，颇有仲宣之体。则所计百许篇，率皆鄙质如偶语。惟'西北有浮云'十余首，殊美赡可玩，始见其工矣。不然，何以铨衡群彦，对扬厥弟者邪？"此为钟嵘对曹丕作品的评价。

"曹公古直，甚有悲凉之句。"此为钟嵘对曹操作品的评价。

唐朝之后，人们对曹操作品的评价普遍提高。在后世之人看来，曹操所作之辞赋，意境高远，胸襟广阔，是难得的三国时代佳作。而近现代学者则普遍认为，曹丕的辞赋乃是"三曹"中的下品。比如近现代著名史学家黎东方，对三国文学进行评价时提到了曹操、曹植，以及"建安七子"，却忽略了曹丕。

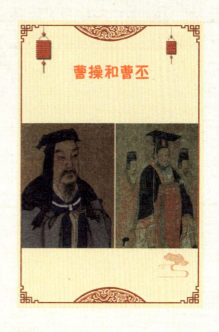

当代著名学者余秋雨，曾发表"三曹"中曹操第一、曹植第二、曹丕第三的言论。虽然大多数文学家与史学家都认为曹植文采最佳，但他却坚持认为，曹操的作品才是最富有韵味的，"曹植固然构筑了一个美艳的精神别苑，而曹操的诗，则是礁石上的铜铸铁浇"。

在曹操父子的推动下，三国时期形成了以"三曹"与"建安七子"为代表的建安文学，史称"建安风骨"。建安文学在中国文学史上有着非凡的意义，占据着重要的地位。

九、"建安七子"之冠——王粲

王粲（177—217年），字仲宣，汉末文学家，"建安七子"之一。公元208年，曹操挥师南下，夺取荆州，王粲归曹操，深得曹氏父子信赖。王粲善属文，其诗、赋辞气慷慨，讲求骈俪。与曹植并称"曹王"。

在文学史上，王粲与孔融、徐幹、陈琳、阮瑀、应玚、刘桢并称"建安七子"。其中，王粲的才华位列"建安七子"之首。

王粲出身名门望族，他的曾祖父王龚在汉顺帝时期任太尉，祖父王畅在汉灵帝时期任司空，均位列三公；而王粲的父亲王谦，是大将军何进的长史。当时的著名学者蔡邕一见王粲，就认定王粲是位奇才，甚至在听闻王粲在门外求见时，急忙出门相迎，把鞋子都穿倒了。

后来，因长安局势混乱，王粲拒绝了朝廷的征辟，转而去荆州投靠自己的同乡刘表。可是，刘表见王粲其貌不扬，所以不太看重他。公元198年，长沙太守张羡集长沙、零陵和桂阳三郡兵马发动反叛。平叛前王粲为刘表写了著名的《三辅论》，以"长沙不辄，敢作乱违，我牧睹其然，乃赫尔发愤，且上征下战，去暴举顺"来申明出征是为了"去暴举顺"。后来王粲又写了《为刘荆州谏袁谭书》和《为刘荆州与袁尚书》，劝袁谭、袁尚停止内讧，合力抗曹。

曹操南征荆州时，王粲劝刘表的儿子刘琮归附了曹操。曹操赐王粲为关内侯。一日，曹操在汉水边设宴，王粲对曹操进言，让曹操广招贤才，文武并用。曹操十分欣赏王粲的才华，将其调任为军谋祭酒。而且，王粲与曹植、曹丕的关系非常密切，还互有诗赋往来。

公元217年，王粲随曹操征伐，却在返回邺城途中病逝，时年四十一岁。曹丕亲自率领众文士为王粲送葬。因为王粲生前喜欢听驴子的叫声，所以曹丕便提议，让众位文人一同学驴叫，为王粲送葬。这便是历史上有名的"驴鸣送葬"。王粲的葬礼过后，曹植还专门写了一篇《王仲宣诔（lěi）》，以表自己的哀思。

曹丕曾言："今之文人：鲁国孔融文举、广陵陈琳孔璋、山阳王粲仲宣、北海徐幹伟长、陈留阮瑀元瑜、汝南应玚德琏、东平刘桢公幹，斯七子者，于学无所遗，于辞无所假，咸以自骋骥骤于千里，仰齐足而并驰。……王粲长于辞赋，徐幹时有齐气，然粲之匹也。如粲之《初征》《登楼》《槐赋》《征思》，幹之《玄猿》《漏卮》《圆扇》《橘赋》，虽张、蔡不过也，然于他文，未能称是。"可见王粲的斐然文采。

刘勰在《文心雕龙·才略》中称赞王粲为"七子之冠冕"。如今，王粲所作之赋有二十余篇存世。这些赋篇幅短小，多为骚体，其中最为著名的当数《登楼赋》。《登楼赋》以铺叙的手法描写了王粲自己坎坷的命运，表现了他对动乱时局的担忧和对和平的渴望，同时也表达了他渴望建功立业的志向，是一篇非常不错的抒情小赋。

同王粲的仕途一样，他的文学活动也可分为前、后两个时期。归附曹操前，王粲在荆州过着郁郁不得志的生活。他的忧国忧民之情与怀才不遇的愤懑纠结在一起，使其作品笼罩上一层凄怆之感。归附曹操后，王粲因担任重要官职而激发起建功立业的信心，加上目睹曹操统治地区的人民安居乐业，所以其作品基调也变得慷慨激昂起来。

根据《三国志》的相关记载，王粲著诗、赋、论、议近六十篇。《隋书·经籍志》中著录《王粲集》十一卷，《去伐论集》三卷，《汉末英雄记》十卷，令人惋惜的是这些作品都已遗失。

十、"竹林七贤"之一——嵇康

嵇康（223—262 年，或 224—263 年），字叔夜，三国时期著名文学家、思想家、音乐家，"竹林七贤"之一，世称"嵇中散"。嵇康崇尚老庄，精通文学与音乐，代表作有《与山巨源绝交书》《琴赋》《养生论》等。

"竹林七贤"是魏晋时期的七位名士的合称，成名年代比"建安七子"稍晚。"竹林七贤"包括嵇康、阮籍、山涛、向秀、刘伶、王戎、阮咸。这七人"相与友善，游于竹林，号为七贤（《三国志·魏志·嵇康传》裴松之注引）"。

"竹林七贤"中，嵇康是当之无愧的精神领袖，他主张"越名教而任自然"，意思是抛开传统的规矩礼教，力求潇洒快乐地生活。嵇康崇尚老庄之道，经常游于山泽间，或采药，或游玩，来往的人遇到他，都以为自己遇到了神仙。

嵇康生于魏文帝（曹丕）时期，嵇康的父亲嵇昭为督军粮治书侍御史，其兄长嵇喜官拜宗正。不过，嵇康年幼丧父，由母亲和兄长抚养成人。少年时期，嵇康的文学与艺术天赋便凸显出来。他博览群书，学习各种技艺，其中最喜欢的便是道家著作。后来，嵇康迎娶了曹操曾孙女长乐亭主为妻，官拜郎中，后担任中散大夫。

后来，司马家族预备推翻曹氏家族统治的野心越来越明显。当时，掌权的大将军司马昭礼贤下士，征召嵇康为幕府属官，可嵇康却不愿为司马家族效命，跑到河东郡躲避征辟。后来，同为"竹林七贤"的山涛推荐嵇康代替自己担任尚书吏部郎。为表志向，嵇康作《与山巨源绝交书》，列出自己有"七不堪""二不可"，一边与山涛绝交，一边坚决拒绝出仕。山涛与司马家族有姻，嵇康与曹氏家族有姻，二人都是品性正派的君子，却因为政见不同而就此决裂。

嵇康拒绝司马家族的招揽，让司马昭非常恼怒，对嵇康产生了忌恨之心。

公元263年（一作262年），嵇康为好友吕安作证，触怒了司马昭。此时，被嵇康冷落过的钟会趁机向司马昭进言，司马昭就势处死了嵇康和吕安。行刑当日，三千名太学生请愿，求朝廷赦免嵇康，可朝廷并没有同意。

临刑前，嵇康在刑场上抚了一曲《广陵散》。一曲毕，嵇康从容就戮，时年四十岁。处死嵇康后不久，司马昭便认识到自己的错误，可惜悔之晚矣。

嵇康在文学方面的成就主要在诗歌上。嵇康擅长四言诗歌，风格清峻，大多表达了自己超脱自然、不追名逐利的人生观。其中，《幽愤诗》是嵇康情感大成的作品。嵇康在《幽愤诗》中自述平生的遭遇和理想抱负，末尾用"采薇山阿，散发岩岫（xiù）。永啸长吟，颐性养寿"来表达自己对自由生活的向往。

刘勰在《文心雕龙》中，以"嵇志清峻"来评价其诗的风格，又发表了"叔夜俊侠，故兴高而采烈"，来突出他的性格与作品之间的关系。清朝著名校勘学家何焯（zhuō）称："四言不为风雅所羁，直写胸中语，此叔夜高于潘、陆也。"可见嵇康在文学方面的成就。

十一、令洛阳纸贵的左思

左思（约250—约305年），西晋时期著名文学家。左思所著《三都赋》，在当时广为传颂，甚至出现"洛阳纸贵"的现象。除此之外，左思所著的《娇女诗》《白发赋》等也非常有名。左思其貌不扬却才华出众，后人辑有《左太冲集》。

左思文采斐然，有极高的文学造诣。可是，左思的前半生却过得十分苦闷。

幼年时，其父左雍从一个小官吏慢慢做到殿中侍御史。他见儿子其貌不扬，且说话迟钝，所以对朋友伤感地说："左思的智力，比不上我小时候啊！"左思听了，受到激励，于是发愤读书。他发现自己口齿笨拙，就立志写好诗文，取得一番成就。

左思读了班固写的《两都赋》和张衡写的《二京赋》后，虽然认为二人征引广博、文辞雅赡、结构宏伟，但也觉得班、张二人的辞赋内容虚而不实、大而无当。于是，左思决定根据历史与事实，将三国时魏都、蜀都、吴都合写成一篇《三都赋》。

为了让《三都赋》有理有据，左思花费大量时间和精力搜集这三个地方的历史、地理、风物等。然后，他便开始闭门写作。家中门旁庭前、篱边厕所，都放着纸和笔，偶得一句，立即记录下来，有些语句推敲好久才满意。最后，《三都赋》终于完成。

可人们对这篇赋却并未重视。原来，左思出身寒微，且长相普通，在当时的门阀制度下一直不能出头。当时人们只愿意读古人的佳作，当代的作品，如果没有一位德高望重的大家推荐，根本无人问津。

当时，初入洛阳的陆机准备写《三都赋》。当他听说名不见经传的左思已经写了《三都赋》时，还给自己的弟弟陆云写信说："洛阳有一个非常狂妄的家伙，竟然敢写《三都赋》。我猜，他写出来的赋只配给我盖酒坛子。"

为了让自己的作品有一个公正的评价，左思去拜访当时声望很高的皇甫谧，把《三都赋》拿给他看。

皇甫谧读了《三都赋》之后，对这篇赋给予了高度评价，并为《三都赋》作了序。中书著作郎张载为《三都赋》中的《魏都赋》作了注，中书郎刘逵为《蜀都赋》和

《吴都赋》作了注。刘逵还为其作了序，并感慨道："观中古以来为赋者多矣，相如《子虚》擅名于前，班固《两都》理胜其辞，张衡《二京》文过其意。至若此赋，拟议数家，傅辞会义，抑多精致，非夫研核者不能练其旨，非夫博物者不能统其异。"司空张华读了《三都赋》，称赞左思是班固、张衡一流的人物。

在张华和皇甫谧等人的推荐下，人们终于正视起左思的《三都赋》来，就连陆机读过《三都赋》后也对其赞不绝口，认为无以复加，自己那篇赋也不再动笔写了。由于洛阳的贵族人家争相传抄《三都赋》，使得洛阳的纸价不停上涨，"洛阳纸贵"的成语便由此而来。

钟嵘在《诗品》中以"文典以怨，颇为精切，得讽喻之致"评价左思的作品，可见左思才华卓绝，其作品典雅凝重。

十二、实至名归的西晋才子——陆机

陆机（261—303年），字士衡，西晋时期著名的文学家、书法家。陆机为吴郡陆氏，是三国时期孙吴丞相陆逊的孙子、大司马陆抗的儿子。彼时，陆机与其弟陆云合称"二陆"，又与顾荣、陆云并称为"洛阳三俊"。

陆机出身名门士族，"身长七尺，其声如钟。少有异才，文章冠世，伏膺儒术，非礼不动"。

陆机二十岁时，东吴灭亡。身为东吴名将的后代，陆机对吴末帝孙皓抛弃祖业、投降西晋的行为非常感慨，于是便作了《辩亡论》，评论孙权得天下，孙皓亡天下的原因。

公元289年，陆机与弟弟陆云一道前往京师洛阳。"二陆"恃才傲物，初入洛阳时，常以江南名族子弟自居。除了太常张华，他们根本不将其他人放在眼里。张华一早听说陆机有才华，他与陆机一见如故，并将他们兄弟二人引荐给中原诸公。是而，当时有"二陆入洛，三张减价"之说。这里的"三张"指张载、张协和张亢。

西晋初年，陆机曾想撰写一篇《三都赋》。当时，出身寒门的左思也在写这篇赋，陆机听说后不以为意。当陆机看过左思的《三都赋》后，才明白自己的《三都赋》是不会超越左思花费十年时间构想并撰写的这篇锦绣文章的。于是，陆机将自己有关《三都赋》的手稿全部烧掉，以示辍笔。这便是有名的"陆机辍笔"的典故。

陆机所作辞赋讲求对偶，注重引用典故，且音律谐美。所谓"太康诗风"，指的便是以陆机、潘岳为代表的西晋诗风。其中，陆机文采斐然，辞藻华丽，被誉为"太康之英"。太康诗风的特征便是辞藻华丽、描写繁复，正如南朝文学家萧统所说："盖踵其事而增华，变其本而加厉。物既有之，文亦宜然。"陆机的辞赋继承并发展了曹植"词彩华茂"的风格，对南朝山水诗歌的发展起到了促进作用。

陆机的《平复帖》

目前，陆机流传下来的诗歌有一百多首，其中代表作有《君子行》《长安有狭邪行》《赴洛道中作二首》等。陆机流传下来的赋现存二十七篇，比较出色的有《文赋》《叹逝赋》等。同时，陆机还模仿扬雄的"连珠体"，作了五十首《演连珠》。

刘勰在《文心雕龙》中，称扬雄"连珠体"的其他模仿者"欲穿明珠，多贯鱼目"，却独独称赞陆机的模仿之作："唯士衡运思，理新文敏，而裁章置句，广于旧篇，岂慕朱仲四寸之珰乎！夫文小易周，思闲可赡。足使义明而词净，事圆而音泽，磊磊自转，可称珠耳。"刘勰还在《文心雕龙·才略》中评价"陆机才欲窥深，辞务索广，故思能入巧而不制繁"。明朝文人张溥也以"北海（孔融）以后，一人而已"来盛赞陆机。

十三、不为五斗米折腰的陶渊明

陶渊明（365 年或 372 年或 376—427 年），一名潜，字元亮，别号五柳先生，东晋杰出诗人、辞赋家、散文家，被誉为"田园诗派之鼻祖""隐逸诗人之宗"。其代表作为《桃花源记》《归去来兮辞》《闲情赋》《五柳先生传》等。

陶渊明生于一个没落的仕宦家庭。父亲早死，之后家道中落。陶渊明自幼修习儒家经典，"爱闲静，念善事，抱孤念，爱丘山，有猛志，不同流俗"，陶渊明的身上，同时具有道家和儒家两种修养。而他卓绝的天分，在其总角之年便显露出来了。

二十多岁时，陶渊明开始了他的官宦生涯，出任江州祭酒，可不久后，他便辞官归家。很快，州里又召陶渊明做主簿，可陶渊明宁愿在家闲居，也不愿进入官场。他在《饮酒（其十四）》中写道："在昔曾远游，直至东海隅。道路迥且长，风波阻中途。此行谁使然？似为饥所驱。倾身营一饱，少许便有余。恐此非名计，息驾归闲居。"这便是陶渊明回忆自己的官宦生涯。

陶渊明辗转于仕与耕之间十余年，已厌倦了官宦生活。公元405年，陶渊明最后一次出仕，为彭泽令。不到三个月，陶渊明便辞官退隐，直至生命结束。

陶渊明任彭泽县令时，正好碰到郡里派遣督邮来检查公务。县吏告诉陶渊明，让他穿上官服，束上大带，前往拜见，以表尊敬。陶渊明忍无可忍，说道："我不能为了五斗米，就向乡里小儿低头折腰。"于是，陶渊明取出官印封好，并写了一封辞职信，辞去了这个只当了八十多天的县令。

正式归隐后，陶渊明的思想进入成熟时期，他开始像农民一样辛勤劳作。这一时期，陶渊明创作了很多反映田园生活、田园文化的诗歌、辞赋，比如《归园田居》《杂诗》等。

陶渊明在文学史上能有极其重要的地位，主要是因为他卓绝的辞赋功底。《五柳先生传》《桃花源记》和《归去来兮辞》这三篇，最见陶渊明的性情与思想。

《五柳先生传》采用正史纪传体的形式，全篇着重描述五柳先生的生活、志趣，而非生平事迹。这种超脱的自己叙说情怀的写法是陶渊明独创的，也给后世文人写正史纪传赋提供了新的思路。

《归去来兮辞》是陶渊明从彭泽令归隐后所作之赋，更像一篇归隐田园的宣言。文章通过具体的景物和活动描写，将田园生活呈现在读者眼前。宋代文学家欧阳修曾评价说："晋无文章，惟陶渊明《归去来兮辞》一篇而已。"

《桃花源记》描述了一个美好的世外仙境，那里住着一群普通的躲避战乱的人。这些人不是神仙，只是比世人多保留了一份天真与纯粹。《桃花源记》是陶渊明在归隐之后，想到整个社会的出路和广大人民的幸福而写就的赋。虽然桃花源只是陶渊明的一个空想，但在那个年代，能提出这个空想是十分难能可贵的。

十四、年少成名的晚唐才子——杜牧

杜牧（803—853年），字牧之，唐代著名文学家，京兆万年（今陕西西安）人。晚年居住在长安城南的樊川别墅，因此后世称他为"杜樊川"。杜牧的所有文章中，以《阿房宫赋》最为著名。在文坛上，杜牧被人称作"小杜"。又与李商隐齐名，合称"小李杜"。

唐朝是中国诗歌发展的鼎盛时期，在这诗歌不断涌现的时期，杜牧却以歌赋见著。他的赋作代表，便是人们耳熟能详的《阿房宫赋》。

杜牧性格刚直，不拘小节，和大多数天才一样，少年成名。杜牧年少读书之余，十分关注军事，后来还为曹操所定的《孙子》作了十三篇注，也写过许多策论。

宝历元年（825年），杜牧作《阿房宫赋》。"六王毕，四海一。蜀山兀，阿房出"，短短十二个字，就让人感受到阿房宫的巍峨气势。

对杜牧来说，写赋的目的便是借古讽今。于是，《阿房宫赋》从"蜀山兀，阿房出"到"可怜焦土"，笔锋直指唐朝统治者。杜牧希望，唐敬宗可以吸取教训，励精图治，不要像秦朝统治者那样横征暴敛，最后落得"后人哀之而不鉴之，亦使后人而复哀后人也"的结局。

《阿房宫赋》在艺术风格上摆脱了绮靡的文风，一扫南北朝时期骈文的旧习，有着极大的独特性；在意趣和深度上，借古讽今、意味深长，有震撼人心的力量。所以此赋一出，便受到世人称赞。

唐朝时期，"大李杜"李白、杜甫才华横绝，并称为"诗仙""诗圣"。为了称扬杜牧的才学，也为了与杜甫相区别，人们将杜牧冠以"小杜"的称号。杜牧的赋自成一体，立意奇辟，议论时弊时带着一股指点江山的飒爽豪迈。《四库全书总目》评价他的作品"纵横奥衍，多切经世之务"，恰如其分。更令人称赞的是，杜牧除却歌赋，文、诗、曲、书法等样样精通，堪称全才。

杜牧主张文章要"以意为主，以气为辅，以辞彩章句为之兵卫"。他极具文采，且能吸收消化前人的长处，形成自己的风格。做官之后，他作了许多针砭时弊的诗歌。其代表作有《感怀诗》《过华清宫绝句》《赤壁》《江南春》

《泊秦淮》《山行》等。这些诗歌或许没有《阿房宫赋》的气势磅礴，但也清丽深婉，风格飘逸。

李商隐在《杜司勋》中，用"高楼风雨感斯文，短翼差池不及群。刻意伤春复伤别，人间惟有杜司勋"来评价杜牧，这也算是对杜牧文采比较客观的评价了。

更为传奇的是，杜牧感觉大限将至，于是决定为自己写一篇墓志铭。可是，他认为自己所作的短篇平平无奇，配不上自己跌宕起伏的一生。因此，杜牧闭门谢客，把自己关在房间内，又把自己所作的诗词歌赋搜罗来，一把火焚烧。最后那些作品只留下了十之二三，实在是令人唏嘘不已。

杜牧去世后，他的外甥裴延翰将其作品进行整理，编撰成《樊川文集》。再后来，又有人编辑了《樊川外集》《樊川别集》等，这才让杜牧的一部分作品得以传世。

十五、文星旷世、千古奇才——苏轼

苏轼（1037—1101年），字子瞻，一字和仲，号东坡居士，世人称其为"苏东坡"，北宋著名文学家、书法家、画家。苏轼的诗与黄庭坚并称"苏黄"；词与辛弃疾并称"苏辛"；赋文与欧阳修并称"欧苏"，为"唐宋八大家"之一。代表作有《赤壁赋》等。

提起苏轼的名字，大部分人都认为，他的才华都在诗词上。但事实上，苏轼在歌赋方面同样文采斐然。在两宋时期，苏轼的文、诗、词三方面都代表着当时的最高造诣，也是宋代文学最高成就的代表。

苏轼所作的赋中，最具代表性的当数《赤壁赋》。《赤壁赋》分两篇，描绘了苏轼在壬戌年（1082年）秋、冬，与友人先后两次游览赤壁的场景。

《赤壁赋》的第一篇又称《前赤壁赋》，描写了苏轼与友人在赤壁泛舟游玩的所见所感。苏轼以自己一悲一乐的情感为线索，先写乐，再写悲，后又再写乐，向众人展示了他矛盾的心路历程，以及不重得失、宽和处世的境界和旷达乐观的人生态度。这篇赋通篇雄浑豁达，让人眼前为之一亮。

从艺术上看，苏轼在写《赤壁赋》时，将景、情、理三者融为一体。写景时，他将大自然的波澜壮阔描写得淋漓尽致；抒情时，他将自己一悲一乐的情绪尽情挥洒；叙理时，他将人生哲理以一种生动活泼的形式呈现，这点非常难能可贵。

然而，就是这样一位大才子，却在仕途上屡屡碰壁。他从"乌台诗案"之后，便一路惨遭贬谪，不过，他在贬谪途中仍然乐观坚毅，留下了许多不朽作品。

当时，苏轼在文坛上享有巨大声誉。他受欧阳修影响颇深，喜欢提携和指点有才之士，黄庭坚、张耒、晁补之、秦观四人就曾得到过他的指导，这四人合称"苏门四学士"。"苏门四学士"加上陈师道和李廌两人，又有"苏门六君子"之称。而苏轼豁达乐观、处变不惊的人生态度，也影响了一代又一代的文人。

值得一提的是，苏轼的作品不仅在宋朝很受欢迎，在当时的辽国、西夏等地，也非常受人喜爱。

在后代文人的心目中，苏轼不但是文学方面的巨匠，而且是无数文人的精神信仰。苏轼不仅影响了南宋时期的文人，也影响了明代的公安派诗人和清代的宋诗派诗人。苏轼的歌赋作品影响也甚为深远，时至今日，一些歌赋大家的作品，仍然受到苏轼歌赋的影响。

十六、笑骂成文章的蒲松龄

蒲松龄（1640—1715 年），字留仙，一字剑臣，号柳泉居士。室名聊斋，世称"聊斋先生"。蒲松龄是清代杰出的文学家，其代表作有《聊斋志异》《秦松赋》等。

蒲松龄的文学生涯，一直摇摆在传统的古典雅文和民间的俗文之间。

蒲松龄从小生活在农村，受乡村农民生活的影响很深。他会跟着农民一起唱俗曲，并自己谱写新词。

身为文士，蒲松龄的雅文也非常出众。他非常擅长赋事状物的四六文，也因为出色的作赋能力，被辞赋史家推为"清初辞赋之能手"。蒲松龄与大多赋家不同，其辞赋内容极少与讽谏、京殿苑猎等相关，更多为世俗日常之作。当然，蒲松龄所作之赋题材也并不相同。《秦松赋》《古历亭赋》《趵突泉赋》《荷珠赋》《中秋爱静赋》借物咏志，委婉精微，可以归为"丽词雅义"一类。其余赋篇风格相近，更为世俗化，无论是写自己，还是写他人，内容大多围绕乡俗民风、灾荒租税、人伦日常等世俗百态，表达方法则嬉笑怒骂，不拘一格。

蒲松龄辞赋最显著的特征就是具有明显的情节性、故事性。他最擅长的就是写小说，其辞赋创作中自然而然融入了小说的成分。在传统赋中，大多数假托人物只是用来作叙述事物、发表议论的，并不构成真正的情节。可在蒲松龄的赋中，却把假托人物当作小说化的细节甚至情节来使用，有事件的发展，有人物的动作、神态和心理，完全变成了故事中的成分。

比如《煎饼赋》中"野老"和"锦衣公子"为交换煎饼讨价还价的细节描写，《酒人赋》中描写的酒鬼酒醉后高声喧闹、呼天喊地、呕吐狼藉的场面，这些都是小说中所运用的写作手法。

蒲松龄的作品"缘事而发，苦则苦，乐则乐，因境写情，直抒胸臆"，这也是其辞赋创作世俗化的原因。

不过，提起蒲松龄，最令人津津乐道的还是他的《聊斋志异》。

蒲松龄自谓"喜人谈鬼""雅爱搜神"，这也是他对自己的客观描述。其实，在青年时期蒲松龄就已经非常热衷记述奇闻逸事，写作狐鬼故事了。虽然在那个年代，一位志在入仕的秀才喜欢神鬼传说是件不务正业的事儿，但蒲松龄仍然笔耕不辍，把《聊斋志异》带到了这个世界上。当时，他还撰写了一篇情辞凄切、意蕴深沉的序文——《聊斋自志》。在这篇序言中，蒲松龄写出了著书的苦衷，也期待世人能理解。可以说，《聊斋志异》是蒲松龄用半生时间写的合集。

《聊斋志异》问世后立刻风靡天下，在清初掀起了一阵志怪传奇类小说风潮，后世模仿之作也纷纷出现。

蒲松龄的作品不仅在清朝掀起风潮，同时也远播周边国家，尤其是日本，对蒲松龄的作品十分推崇。而且，日本近代文学也受到蒲松龄作品的影响。比如日本著名作家芥川龙之介就曾直接从《聊斋志异》中取材，创作了四篇短篇小说。这也充分说明了蒲松龄的作品已经成为世界文化瑰宝。

时至今日，蒲松龄的作品仍然受到世人的广泛喜爱。1961 年，郭沫若为蒲松龄故居题写对联："写鬼写妖高人一等，刺贪刺虐入骨三分。"老舍评价蒲松龄的作品："鬼狐有性格，笑骂成文章。"这句话也被文坛认作是对蒲松龄文骨与风骨的最佳评价。

第四章

古典歌赋
名篇鉴赏

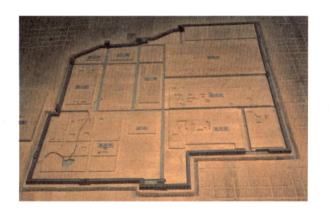

一、《诗经·卫风·河广》

《卫风·河广》乃是《诗经·国风》里的第七篇，属于卫国国风。全诗分两章，每章四句，是一篇意蕴非常丰富的思归诗歌，也是先秦时代卫地的民歌。这篇诗歌之所以能传诵千古，得益于作者所用的夸张修辞手法。该诗歌对后世诗歌发展也产生了深远的影响。

诗经·卫风·河广

谁谓河广？一苇杭之。谁谓宋远？跂予望之。

谁谓河广？曾不容刀。谁谓宋远？曾不崇朝。

《卫风·河广》中的"河"指黄河；"苇"指用芦苇编的筏子；"杭"通"航"；"跂"指踮起脚后跟；"刀"通"舠（dāo）"，指小船；"崇朝"指终朝，自旦至食时，用来形容时间之短。这篇诗歌的意思是："谁说黄河宽又广？一支苇筏便可以航行。谁说宋国太遥远？踮起脚跟就可以看到。谁说黄河广又宽？它竟容不下一条小船。谁说宋国太遥远？还来得及去那边吃早餐。"

《卫风·河广》设问十分奇特，又很夸张，在不经意间，便发挥出令人啧啧称奇、拍案叫绝的强烈效果。这种夸张的手法，能让读者对作者的心情感同身受。后世很多的诗歌、辞赋，也是从该诗中获取的灵感。

比如唐代著名诗人李白，在描绘北方冬日大雪时的"燕山雪花大如席，片片吹落轩辕台"，便与《卫风·河广》使用的夸张手法如出一辙。"如席"一般的雪花从天而降，那是怎样一种壮观景象啊！如果不是运用夸张手法，是达不到这种惊心动魄的效果的。

继《卫风·河广》之后，这种夸张的修辞手法便成为中国文学作品中常用的一种传统。"朝辞白帝彩云间，千里江陵一日还""官仓老鼠大如斗""壮志饥餐胡虏肉，笑谈渴饮匈奴血"……这些都是让人耳熟能详的运用了夸张手法的诗句。

按《毛诗序》中所说，《卫风·河广》描述的主人公大约是宋襄公之母，她是卫文公的妹妹，因为思念儿子，却不能违礼相见，所以有这篇诗歌传唱。目前，也有一部分学者认为，这篇诗歌是身在卫国的宋国人的思乡之作。

因为卫国与宋国之间有一条波澜壮阔的黄河横亘，所以这篇诗歌开始才有"谁谓河广？一苇杭之"的设问。

黄河之水"览百川之洪壮"，可作者却说，仅凭一支芦苇编的筏子，就可以横渡这横无际涯的大河，可见其想象力之丰富。面对黄河，作者内心那无法抑制的渴望归国的心情，让他产生了"一苇杭之"的奇想。作者那迫切归国的想法，催生了大胆的想象——他仿佛踮起脚跟就能看到黄河对岸的宋国。这种任何阻碍都无法阻挡的急迫心情，让作者的想象力超乎寻常，也让整首诗歌显得气势磅礴。

开门见山、突兀而来的发问和夸张的答语，是《卫风·河广》最大的艺术表现特色。通过反复的问答，让读者更能感受黄河的波澜壮阔、气势磅礴，也更让古今读者为之动容。

《豳风·七月》是我国古代第一部诗歌总集《诗经》中来自豳国的诗歌。全诗朴实无华，但语调凄苦，仿佛在哭诉那一段沉重的历史。

诗经·豳风·七月

七月流火，九月授衣。一之日觱（bì）发（bō），二之日栗烈。无衣无褐（hè），何以卒岁？三之日于耜（sì），四之日举趾。同我妇子，馌（yè）彼南亩，田畯（jùn）至喜。

七月流火，九月授衣。春日载阳，有鸣仓庚。女执懿（yì）筐，遵彼微行，爰求柔桑。春日迟迟，采蘩（fán）祁祁。女心伤悲，殆及公子同归。

七月流火，八月萑（huán）苇。蚕月条桑，取彼斧斨（qiāng），以伐远扬，猗（yǐ）彼女桑。七月鸣鵙（jú），八月载绩。载玄载黄，我朱孔阳，为公子裳。

四月秀葽（yāo），五月鸣蜩（tiáo）。八月其获，十月陨萚（tuò）。一之日于貉，取彼狐狸，为公子裘。二之日其同，载缵武功，言私其豵（zòng），献豜（jiān）于公。

五月斯螽（zhōng）动股，六月莎鸡振羽，七月在野，八月在宇，九月在户，十月蟋蟀入我床下。穹窒熏鼠，塞向墐（jìn）户。嗟我妇子，曰为改岁，入此室处。

六月食郁及薁（yù），七月亨葵及菽，八月剥枣，十月获稻，为此春酒，以介眉寿。七月食瓜，八月断壶，九月叔苴（jū），采荼（tú）薪樗（chū），食我农夫。

九月筑场圃，十月纳禾稼。黍稷重穋，禾麻菽麦。嗟我农夫，我稼既同，上入执宫功。昼尔于茅，宵尔索绹。亟其乘屋，其始播百谷。

二之日凿冰冲冲，三之日纳于凌阴。四之日其蚤，献羔祭韭。九月肃霜，十月涤场。朋酒斯飨，曰杀羔羊。跻彼公堂，称彼兕觥，万寿无疆！

《**豳**风·七月》是《诗经》"国风"中最长的一首诗。《毛诗序》中说："《七月》，陈王业也。周公遭变，故陈后稷先公风化之所由，致王业之艰难也。"《汉书·地理志》则有"昔后稷封斄（tái），公刘处豳，太王徙岐，文王作酆（fēng），武王治镐，其民有先王遗风，好稼穑，务本业，故豳诗言农桑衣食之本甚备"的记载。可见，此篇诗歌作于西周初期。

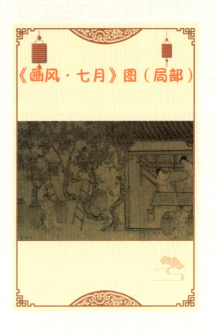

《豳风·七月》图（局部）

豳地指的是现在的陕西省彬州、旬邑一带。这篇《豳风·七月》从七月写起，按农事活动顺序，逐月展开各个画面，反映了豳地部落中的农民一年四季的劳作生活。这篇诗歌"言一、二、三、四之日皆周正"，也就是言日的用的是周历；言月的七月、八月、九月等用的是夏历。周历以夏历的十一月为岁首，即正月，"一之日""二之日""三之日""四之日"即夏历的十一月、十二月、一月、二月。

朱熹在其所著的《诗集传》中说："此章（首章）前段言衣之始，后段言食之始。二章至五章，终前段之意。六章至八章，终后段之意。"

首章以鸟瞰式的手法，总地描述了劳动者全年的劳动生活。作者用粗线条为读者勾勒出一个框架，随后再将各个月份的细节进行更为详细的描述与刻画。

二、三章色调逐渐鲜明，有农民的劳作、悦耳的鸟鸣、采桑的妇女。可是，在明媚的春光下，姑娘们却"八月载绩，载玄载黄，我朱孔阳，为公子裳"。她们用蚕丝织就的丝绸衣服都穿在了公子身上。这也正应了那句话，"遍身罗绮者，不是养蚕人"。

四、五章与前文"我朱孔阳，为公子裳"对应。第四章以"秀葽""鸣蜩"起兴，重点写狩猎。猎户们打来的狐狸，要"为公子裘"；他们猎到的猪，大的要献给豳公，自己只能吃小的。第五章则是以昆虫来反映季节的变化，笔墨之工细令人赞叹。

六、七、八章不再描述衣，而是描述食。六、七章说的是劳动者不仅要辛苦地打枣子、割葫芦、收庄稼、酿酒，还要给老爷们建宫室。第八章，也就是本篇诗歌的最后一章，描绘了这个部落宴饮的盛况，展现了劳动者淳朴天真、坚韧不拔的乐观精神。

中国古代诗歌大多以抒情为主，很少有像《豳风·七月》这样以叙事为主的诗歌。这篇诗歌为读者展示了当时真实的劳动场面，是中国古代诗歌中难得的佳作。

三、《诗经·小雅·采薇》

　　《采薇》出自《诗经·小雅》。这篇诗歌共分六章，每章八句，反映了戍边生活的艰苦，以及战士浓烈的思乡之情。此诗最后一章言浅意深，情景交融，是《诗经》中非常著名的诗句。

诗经·小雅·采薇

采薇采薇，薇亦作止。曰归曰归，岁亦莫止。
靡室靡家，猃狁之故。不遑启居，猃狁之故。

采薇采薇，薇亦柔止。曰归曰归，心亦忧止。
忧心烈烈，载饥载渴。我戍未定，靡使归聘。

采薇采薇，薇亦刚止。曰归曰归，岁亦阳止。
王事靡盬（gǔ），不遑启处。忧心孔疚，我行不来！

彼尔维何？维常之华。彼路斯何？君子之车。

戎车既驾，四牡业业。岂敢定居？一月三捷。

驾彼四牡，四牡骙骙。君子所依，小人所腓。

四牡翼翼，象弭鱼服。岂不日戒？玁狁孔棘！

昔我往矣，杨柳依依。今我来思，雨雪霏霏。

行道迟迟，载渴载饥。我心伤悲，莫知我哀！

根据相关历史考订，《小雅·采薇》大约是周宣王时代的作品（《鲁诗》《齐诗》皆说是周懿王时的作品，《诗序》则说是文王派遣戍卒时所唱的乐歌）。彼时，周王朝北方的少数民族玁狁十分强悍，经常入侵中原。为了减少玁狁给北方人民生活带来的灾难，周天子便派遣兵将戍守关外。从内容上看，这篇诗歌便是当时的戍役所作的诗歌，内容也皆是从军将士的艰辛生活与他们浓烈的思乡情怀。

这篇诗歌共分六章，前三章都是以"采薇"起兴，后接"薇亦作止""薇亦柔止""薇亦刚止"，又加以"岁亦莫止""心亦忧止""岁亦阳止"。用采薇的生长过程和"莫（暮）""阳（夏历十月）"的到来，暗示戍边时间的漫长，表达戍边将士的思家之情和越发急切的盼归之心。此外，前三章还叙述了将士难归家的原因，传达了将士甘愿为国赴难的精神和责任感。思家盼归的心情和保家卫国的意识相互交织，构成了全诗的情感基调。

诗歌四、五章描绘了边关战事的紧张和戍卒的辛劳。将士的军车、兵车已经开拔，高大雄健的战马发出嘶鸣。虽然猃狁凶悍，但军纪严明、兵精粮足的己方战士丝毫不惧，决定向猃狁展示自己强大的军威。

作者在写这篇诗歌时，第四、第五章采用了写实的手法。在第六章，作者笔锋突然一转，开始描述出征人还乡路上的艰难和内心的哀伤之情。

《小雅·采薇》在文学和艺术上对后世影响极大，文人经常反复吟唱、仿效这篇诗歌。《诗经》中质朴的抒情作品非常多，像《小雅·采薇》这样凄婉的作品其实是很难见到的。这篇诗歌有议论、抒情、记叙，全文错落有致，十分妥帖。时至今日，仍有大批学者对《小雅·采薇》赞叹不已。

四、屈原的《渔父》

《渔父》据传为屈原的代表作之一，其中有两个人物——屈原本人和渔父。在文中，屈原采用了对比手法，通过问答体，表现屈原与渔父两种对立的人生观，以及截然相反的性格与思想。《渔父》共有四个段落，可按照头、腹、尾进行拆分，以屈原开头，以渔父结尾，中间两段则是二人的问答。

渔父

屈原既放，游于江潭，行吟泽畔，颜色憔悴，形容枯槁。渔父见而问之曰："子非三闾大夫欤？何故至于斯？"屈原曰："举世皆浊我独清，众人皆醉我独醒，是以见放。"

渔父曰："圣人不凝滞于物，而能与世推移。世人皆浊，何不淈（gǔ）其泥而扬其波？众人皆醉，何不哺其糟而歠（chuò）其醨（lí）？何故深思高举，自令放为？"

屈原曰："吾闻之，新沐者必弹冠，新浴者必振衣；安能以身之察察，受物之汶（mén）汶者乎？宁赴湘流，葬于江鱼之腹中。安能以皓皓之白，而蒙世俗之尘埃乎？"

渔父莞尔而笑，鼓枻（yì）而去。乃歌曰："沧浪之水清兮，可以濯（zhuó）吾缨；沧浪之水浊兮，可以濯吾足。"遂去，不复与言。

《渔父》中的"父"通"甫"，是古时对老年男子的尊称。

当时，屈原遭到了放逐，脸色憔悴，身形面容枯瘦，独自游荡在江边上，并沿着江边边走边唱。一个年老的渔夫见状觉得很奇怪，说道："您不是楚国赫赫有名的三间大夫吗，怎么会落到这步田地？"屈原说道："这天下都是污浊不堪的，只有我清白；世人都醉了，只有我清醒，所以我被放逐了。"

老渔夫说道："圣人懂得不死板地对待事物，总能随着世道的变化而发生改变。既然世界上的人都是肮脏的，你为什么不搅浑泥水，扬起浊波呢？既然世界上的人都沉醉不醒，你为什么不吃酒糟、喝薄酒呢？为什么要想这么多，为什么要自命清高，最后让自己落得被放逐的下场呢？"

屈原说道："我听说，刚洗过头，一定要掸一掸帽子上的灰尘；刚洗过澡，一定要整理一下衣服。怎么能让清白的身体去接触污浊的外物呢？我宁愿跳到湘江里葬身鱼腹。怎能让洁白纯净之身，蒙上世俗的尘泥？"

老渔夫听后微微一笑，他唱着"沧浪之水啊，清澈无比，可以洗我的帽缨；沧浪之水啊，浑浊不堪，可以洗我的脚"，摇着船桨离去，不再同屈原讲话了。

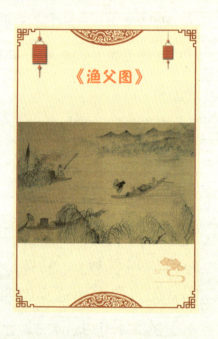

《渔父图》

《渔父》之所以传唱千年，是因为它包含了中国古代的两种人生观，一种是"屈原式人生观"，另一种是"渔父式人生观"。

"屈原式人生观"体现在"安能以身之察察，受物之汶汶者乎？宁赴湘流，葬于江鱼之腹中。安能以皓皓之白，而蒙世俗之尘埃乎？"，表达了一种以天下为己任的强烈责任感与使命感。这类人非常注重个人的道德品质，不愿与世俗同流合污。

"渔父式人生观"体现在"圣人不凝滞于物，而能与世推移"。这类人愿意与时世共同浮沉，虽然随波逐流，但通常过得比较快乐。

可以说，《渔父》是一篇富有哲理的文章，其内容优美，辞藻华丽，可读性很强。

五、司马相如的《凤求凰》

　　《凤求凰》相传为司马相如所作，演绎了自己与卓文君的爱情故事。《凤求凰》以"凤求凰"为通体比兴，象征了男女主人公非凡的理想，以及志趣的高尚。全文言浅意深，感情热烈奔放，融楚辞体的缠绵旖旎和汉朝民歌的清新明快于一体。

凤求凰（其一）

有一美人兮，见之不忘。一日不见兮，思之如狂。

凤飞翱翔兮，四海求凰。无奈佳人兮，不在东墙。

将琴代语兮，聊写衷肠。何日见许兮，慰我彷徨。

愿言配德兮，携手相将。不得于飞兮，使我沦亡。

凤求凰（其二）

凤兮凤兮归故乡，遨游四海求其凰。

时未遇兮无所将，何悟今兮升斯堂！

有艳淑女在闺房，室迩人遐毒我肠。

何缘交颈为鸳鸯，胡颉颃兮共翱翔！

凰兮凰兮从我栖，得托孳尾永为妃。

交情通意心和谐，中夜相从知者谁？

双翼俱起翻高飞，无感我思使余悲。

《凤求凰》共分上、下两篇，第一篇展示的是司马相如对卓文君的热烈追求与无限倾慕。

"有位美丽俊秀的女子，我一见到她的容颜，便难以忘怀。一天不见到她，我的心就思念得如发了狂一般。我就像那高飞空中的凤鸟，一直苦心寻找凰鸟。可惜，那个让我魂牵梦萦的女子，并没有住在我家东墙附近。我用琴声代替内心的情话，描绘我内心最真挚的情意。什么时候能允诺婚姻，来慰藉我往返徘徊的相思之情？希望我的德行可以与你相配，与你携手，百年好合。如果我们无法比翼双飞，我就会陷入这情愁之中，从而丧亡。"

司马相如将自己比作凤鸟，将卓文君比作凰鸟，这不仅表达了司马相如对卓文君炽热的爱情，也表达了他对自己的评价。

《大戴礼·易本命》有云："有羽之虫三百六十，而凤

凰为之长。"卓文君才貌在当世实属上佳，故而司马相如
将自己比作凤，而将自己爱慕的女子比作凰了。

而且，这篇赋中的"遨游四海"紧扣郭璞《尔雅注》
中凤凰"出于东方君子之国，翱翔四海之外，过昆仑，饮
砥柱，濯羽弱水，莫宿风穴"的论述，也隐喻司马相如本
人的经历——司马相如曾游历京师，后来做了武骑常侍，
可惜的是汉景帝不好辞赋，所以司马相如一直郁郁不得
志。后来，他借病辞官前往梁地。梁孝王广纳文士，司马
相如获得他的赏识。这句"遨游四海"也暗合了司马相如
"良禽择木而栖"的性格。

第二篇写得更为大胆炽烈，司马相如暗约卓文君半夜
幽会，并相约一起私奔。

"凤鸟啊凤鸟，回到了故乡，游历各地去寻觅心中的
凰鸟。未遇到凰鸟时不知所往，怎么能了解今日登门后心
之所感！有一位美丽卓绝的女子在居室内，居室虽近人却
离我很远，思念之情如毒药令我心肠痛苦。我们如何能做
一对恩爱的交颈鸳鸯，让我这只凤鸟，与你这只凰鸟一起
翱翔？凰鸟啊凰鸟，愿你我能一起生活，共同哺育孩子，
愿你能永远做我的配偶。愿我们情投意合，心心相印。半
夜与我一起走吧！谁能知晓我们的计划呢？让我们展开双
翼，一起远走高飞吧，否则思念会让我痛心悲伤。"

古人常用"凤凰于飞，琴瑟和鸣"来比喻夫妻的和谐与美好。比如《左传·庄公二十二年》中，便有"初，懿氏卜妻敬仲。其妻占之，曰：'吉，是谓凤皇于飞，和鸣锵（qiāng）锵，有妫之后，将育于姜。五世其昌，并于正卿。八世之后，莫之与京。'"的说法。这篇赋之所以对后世产生重大影响，千百年来为人所津津乐道，是因为它反对封建礼制，鼓励男女自由恋爱。

《西厢记》中，张生为求崔莺莺，亦隔墙弹唱《凤求凰》；《墙头马上》中的李千金，以文君私奔相如来为自己辩护；《琴心记》更是直接将司马相如与卓文君的爱情故事搬上舞台……这也足可见《凤求凰》在中国古代文学史上的重要地位。

六、班固的《两都赋》

《两都赋》分为《西都赋》与《东都赋》两篇，皆出自汉代文学家、史学家班固之手。《两都赋》属汉赋中的大赋，《西都赋》描述了长安地势之险峻，物产之丰富，宫廷之华丽，为后人呈现了汉朝都城的繁荣景象；《东都赋》描述了统治者对洛阳进行的各项整治措施，以及美化、歌颂东都洛阳的举措。

两都赋·西都赋（节选）

及至大汉受命而都之也，仰寤东井之精，俯协《河图》之灵。奉春建策，留侯演成。天人合应，以发皇明，乃眷西顾，实惟作京。于是睎（xī）秦岭，睋（é）北阜，挟酆灞（bà），据龙首。图皇基于亿载，度宏规而大起。肇自高而终平，世增饰以崇丽。历十二之延祚，故穷奢而极侈。建金城其万雉,呀周池而成渊。披三条之广路,立十二之通门。内则街衢洞达,闾阎且千,九市开场,货别隧分。入不得顾,车不得旋,阗(tián)城溢郭,旁流百廛(chán)。红尘四合,烟云相连。于是既庶且富,娱乐无疆。都人士女,殊异乎五方。游士拟于公侯,列肆侈于姬姜。乡曲豪举,游侠之雄,节慕原、尝,名亚春、陵。连交合众,骋骛乎其中。

两都赋·东都赋(节选)

且夫建武之元,天地革命,四海之内,更造夫妇,肇有父子,君臣初建,人伦实始,斯乃伏牺氏之所以基皇德也。分州土,立市朝,作盘舆,造器械,斯乃轩辕氏之所以开帝功也。龚(gōng)行天罚,应天顺人,斯乃汤、武之所以昭王业也。迁都改邑,有殷宗中兴之则焉。即土之中,有周成隆平之制焉。不阶尺土一人之柄,同符乎高祖。克己复礼,以奉终始,允恭乎孝文。宪章稽(qǐ)古,封岱勒成,仪炳乎世宗。案六经而校德,眇(miǎo)古昔而论功,仁圣之事既该,而帝王之道备矣。

班固的《两都赋》，在结构方式上学习了《子虚赋》《上林赋》。班固将二者合而为一，又相对独立成篇。在《西都赋》中，班固只描述了西都长安之华丽，《东都赋》则只描写东都洛阳之秀美。

在内容上，《西都赋》描绘了都城长安的繁荣壮丽，宫殿的典雅华美，后宫的纸醉金迷，这种极尽铺排的手法，让读者看到了长安的表面之美。

复原的汉长安平面图

《东都赋》虽也描写了宫室之美，但大多比较概括。《东都赋》选择从礼制出发，宣扬"宫室光明，阙庭神丽，奢不可逾，俭不能侈""顺时节而蒐（sōu）狩，简车徒以讲武，则必临之以《王制》，考之以《风》《雅》"，让读者看到一个名副其实的"王之都城"。

班固为汉朝人，所以，他将矛头对准了秦皇，而非汉帝。而且，班固以封建礼法为准则，赞扬了汉朝的建武盛世与永平盛世。同时，班固将西都长安与东都洛阳的风俗与形势进行对比，更加突出东都洛阳的礼俗之淳厚、建筑之得体。

　　整体来说，班固的《两都赋》在开头、结尾与过渡方面都有自然严谨的章法，且情态富足，韵味悠长。

　　有赖于班固《两都赋》的成就，后世文人在作赋时都会仿照该赋，这也让《两都赋》成为辞赋史上具有划时代意义的作品。

七、曹操父子名篇

　　曹操、曹丕、曹植三人合称"三曹"，是汉魏时期著名的辞赋作家。曹操是建安文学新局面的开拓者，其代表作为《短歌行》；曹丕极其擅长诗文与辞赋，代表作为《燕歌行》；曹植文采卓绝，尤其擅长辞赋与五言诗，其代表作为《洛神赋》。

短歌行（其一）

曹　操

对酒当歌，人生几何！譬如朝露，去日苦多。

慨当以慷，忧思难忘。何以解忧？唯有杜康。

青青子衿，悠悠我心。但为君故，沉吟至今。

呦呦鹿鸣，食野之苹。我有嘉宾，鼓瑟吹笙。

明明如月，何时可掇？忧从中来，不可断绝。

越陌度阡，枉用相存。契阔谈宴，心念旧恩。

月明星稀，乌鹊南飞。绕树三匝，何枝可依？

山不厌高，海不厌深。周公吐哺，天下归心。

曹操所作的《短歌行》为汉乐府的旧题，属于《相和歌辞·平调曲》。自曹操的《短歌行》问世，这篇诗歌便成了《短歌行》的代表。曹操作这篇诗歌的目的很简单，就是希望能吸纳大量人才，这也与他先后发布的《求贤令》《举士令》《求逸才令》等相契合。

本篇诗歌开头便以"对酒当歌，人生几何！譬如朝露，去日苦多。慨当以慷，忧思难忘。何以解忧？唯有杜康"来描述自己的愁苦。他并非为其他事发愁，而是为吸引不到众多贤才而愁苦不堪。这八句话虽然有些消极，但却表明了曹操的远大抱负。"青青子衿，悠悠我心。但为君故，沉吟至今。呦呦鹿鸣，食野之苹。我有嘉宾，鼓瑟吹笙。"这八句话给人一种情意绵长的感觉，仿佛在读《诗经》。曹操正是借用这种绵长的手法，来告诉贤才——快来吧，来归顺于我，与我一同建功立业。就算我没有去寻找你们，你们也要主动来投奔我啊！下面的八句，"明明如月，何时可掇？忧从中来，不可断绝。越陌度阡，枉用相存。契阔谈宴，心念旧恩"，与上述十六句形成强烈对比，表明已经有不少贤才投奔自己，而且大家相处非常

融洽，让后来者不必有顾虑。最后八句，则是更加明确地
告知天下贤才："山不厌高，海不厌深。周公吐哺，天下
归心。"

曹操的《短歌行》带有极强的政治意义，他准确而巧
妙地运用了比兴手法，将自己招揽贤士的心情融入诗歌。
这种将"求贤"高度艺术化的表现，也获得了后世文学家
的一致肯定。

燕歌行（其一）

曹　丕

秋风萧瑟天气凉，草木摇落露为霜。

群燕辞归鹄南翔，念君客游思断肠。

慊慊思归恋故乡，君何淹留寄他方？

贱妾茕茕守空房，忧来思君不敢忘，

不觉泪下沾衣裳。

援琴鸣弦发清商，短歌微吟不能长。

明月皎皎照我床，星汉西流夜未央。

牵牛织女遥相望，尔独何辜限河梁？

曹丕的《燕歌行》久负盛名，尤其是"秋风萧瑟"这
一篇，更是让古今学者分外垂青。这篇诗歌以"霜飞木

落""燕雁南归"感物起兴，由归鸟联想到所思之人在外思念故乡的情景，"情以物迁，辞以情发"。这篇诗歌是曹丕不假外物、直抒胸臆的佳作，我们可从此篇诗歌中，感受到曹丕卓然的文采。

洛神赋（节选）

曹　植

余告之曰：其形也，翩若惊鸿，婉若游龙。荣曜秋菊，华茂春松。仿佛兮若轻云之蔽月，飘飖（yáo）兮若流风之回雪。远而望之，皎若太阳升朝霞；迫而察之，灼若芙蕖出渌（lù）波。秾纤得衷，修短合度。肩若削成，腰如约素。延颈秀项，皓质呈露。芳泽无加，铅华弗御。云髻峨峨，修眉联娟。丹唇外朗，皓齿内鲜。明眸善睐，靥（yè）辅承权。瑰姿艳逸，仪静体闲。柔情绰态，媚于语言。奇服旷世，骨象应图。披罗衣之璀粲兮，珥瑶碧之华琚。戴金翠之首饰，缀明珠以耀躯。践远游之文履，曳（yè）雾绡（xiāo）之轻裾（jū）。微幽兰之芳蔼兮，步踟（chí）蹰（chú）于山隅。

后人对曹植所著的《洛神赋》有极高的评价，甚至将这篇赋抬到了同屈原的《九歌》、宋玉的《神女赋》一般的思想、艺术高度。事实上，曹植在作此赋时，着重将其向《湘君》《湘夫人》方向靠拢，且沿袭了宋玉对女性之美的精妙刻画。这篇《洛神赋》情节完整、辞藻优美，在中国文学史上具有非常深远的影响。

八、嵇康的《幽愤诗》

《幽愤诗》是嵇康因好友吕安之事而被冤枉入狱之后所作的长诗。这首诗歌词锋爽利、峻切，语言壮丽，嵇康内心的忧愤跃然纸上。《幽愤诗》的产生既有时代原因，也与诗人那独特的个性有关。

幽愤诗

嗟余薄祜，少遭不造。哀茕靡识，越在襁褓。

母兄鞠育，有慈无威。恃忧肆妲，不训不师。

爰及冠带，凭宠自放。抗心希古，任其所尚。

托好老庄，贱物贵身。志在守朴，养素全真。

曰余不敏，好善暗人。子玉之败，屡增惟尘。

大人含弘，藏垢怀耻。民之多僻，政不由己。

惟此褊心，显明臧否。感悟思愆，怛若创痏。

欲寡其过，谤议沸腾。性不伤物，频致怨憎。

昔惭柳惠，今愧孙登。内负宿心，外恶良朋。

仰慕严郑，乐道闲居。与世无营，神气晏如。

咨予不淑，婴累多虞。匪降自天，寔由顽疏。

理弊患结，卒致圄圄。对答鄙讯，絷此幽阻。

实耻讼冤，时不我与。虽曰义直，神辱志沮。

澡身沧浪，岂云能补。

嗷嗷鸣雁，奋翼北游。顺时而动，得意忘忧。

嗟我愤叹，曾莫能俦。事与愿违，遘兹淹留。

穷达有命，亦又何求。古人有言，善莫近名。

奉时恭默，咎悔不生。万石周慎，安亲保荣。

世务纷纭，祗搅予情。安乐必诫，乃终利贞。

煌煌灵芝，一生三秀。予独何为，有志不就。

惩难思复，心焉内疚。庶勖将来，无馨无臭。

采薇山阿，散发岩岫。永啸长吟，颐性养寿。

嵇康的这首《幽愤诗》创作于牢狱之中。古语有云："鸟之将死，其鸣也哀；人之将死，其言也善。"这首《幽愤诗》辞情悲慨，抒写了嵇康满腔的忧郁和对时世的愤慨。在诗中作者直抒胸臆，将内容写得酣畅淋漓，这也让该诗成为魏晋时期的代表诗歌。

这篇诗歌共分六段。第一段是作者对自己的生平进行概述。"祜"通"福"，"薄祜"是指福气少，说的是嵇康幼年丧父。"不造"是指不成，也就是家道艰难。"哀茕靡识，越在襁褓。母兄鞠育，有慈无威。恃忧肆姐，不训不师"则是说，嵇康早年孤贫，由自己的母亲和兄长养育，无师长的训导，因此恃爱娇纵。而这种"凭宠自放"的性格，也为嵇康后来的杀身之祸埋下隐患。

第二段描述了祸患发生的经过和原因。嵇康说自己有眼无珠，识人不清（指吕巽）。"子玉之败，屡增惟尘"这两句诗中的"子玉"出自《左传》，作者用以史喻今的笔法表达自己因为相信吕巽而遭受灾祸；"惟尘"则出自《诗经·无将大车》中的"无将大车，惟尘冥冥"。

第三段描述了自己被囚后的处境和心情。"严郑"为汉代的隐士严君平和郑子真。据《汉书·王贡两龚鲍传》记载，二人都是"皆修身自保，非其服弗服，非其食弗食"的人。也就是说，嵇康借着赞赏他们安贫乐道、与世无争的品性，来表达自己落到如此地步不能责怪苍天，只能怪自己执拗的性格。

后三段全部是嵇康总结的人生经验，比如"顺时而动""穷达有命""采薇山阿，散发岩岫。永啸长吟，颐性养寿"等。这篇诗歌具有极强的渲染能力，让读者对嵇康的内心世界有一个深刻了解。

钟嵘在其所著的《诗品》中，评价嵇康诗有这样两个特点：一是"颇似魏文（指魏文帝曹丕），过为峻切"，二是"托喻清远，良有鉴裁"。而这首《幽愤诗》语言清丽、情感决绝，正是"峻切"与"鉴裁"的典型写照。

九、左思的《三都赋》

《三都赋》为西晋文学家左思的作品，这篇赋共分三部分，分别为《蜀都赋》《吴都赋》《魏都赋》。事实上，这篇赋写得不仅仅是三个都城，更是魏、蜀、吴三个国家的概况。"洛阳纸贵""陆机辍笔"等典故，都与左思的《三都赋》有关。

三都赋·蜀都赋（节选）

郁葐（pén）蒀（yūn）以翠微，崛巍巍以峨峨。干青霄而秀出，舒丹气而为霞。龙池濭（xuè）瀑溃（pēn）其隈（wēi），漏江伏流溃其阿。泪若汤谷之扬涛，沛若蒙汜（sì）之涌波。于是乎邛（qióng）竹缘岭，菌桂临崖。旁挺龙目，侧生荔枝。布绿叶之萋萋，结朱实之离离。迎隆冬而不凋，常晔晔以猗猗。孔翠群翔，犀象竞驰。白雉朝雊（gòu），猩猩夜啼。金马骋光而绝景，碧鸡儵（shū）忽而曜仪。火井沈荧于幽泉，高焰飞煽于天垂。其间则有虎珀丹青，江珠瑕英。金沙银砾，符采彪炳，晖丽灼烁。

三都赋·吴都赋（节选）

子独未闻大吴之巨丽乎？且有吴之开国也，造自太伯，宣于延陵。盖端委之所彰，高节之所兴。建至德以创洪业，世无得而显称。由克让以立风俗，轻脱屣（xǐ）于千乘。若率土而论都，则非列国之所觖（jué）望也。故其经略，上当星纪。拓土画疆，卓荦兼并。包括干越，跨蹑蛮荆。婺女寄其曜（yào），翼轸（zhěn）寓其精。指衡岳以镇野，目龙川而带坰（jiōng）。

三都赋·魏都赋（节选）

夫泰极剖判，造化权舆。体兼昼夜，理包清浊。流而为江海，结而为山岳。列宿分其野，荒裔带其隅。岩冈潭渊，限蛮隔夷，峻危之窍也。蛮陬夷落，译导而通，鸟兽之氓也。正位居体者，以中夏为喉，不以边垂为襟也。长世字甿（méng）者，以道德为藩，不以袭险为屏也。而子大夫之贤者，尚弗曾庶翼等威，附丽皇极。思禀正朔，乐率贡职。而徒务于诡随匪人，宴安于绝域。荣其文身，骄其险棘。

从篇幅来看，左思所著之《三都赋》，长有一万余字，堪称古代辞赋中的"巨赋"。

从内容来看，左思的《三都赋》以三国历史为依托，从地理地貌、历史人物、民风民俗等方面入手，对魏、蜀、吴三个国家进行描述。在这三篇赋中，左思用大量笔墨去赞扬和歌颂魏国，尤其是魏国采取的政治措施，更是让他赞赏不已。

在《三都赋》的序言中，首先阐述了左思对赋的理解，继而说司马相如的《上林赋》、班固的《西都赋》、扬雄的《甘泉赋》和张衡的《西京赋》华而不实，随即表明自己这篇赋是从实际出发，本着实事求是的原则所作。

在《蜀都赋》中，左思假借虚拟人物"西蜀公子"之口，来夸耀蜀国的地理地貌、历史人物、民风民俗等。在《吴都赋》中，左思同样假借虚拟人物"东吴王孙"之口，来夸耀东吴的都城建设、民俗物产、地理历史等。

可以说，左思的《三都赋》中的《吴都赋》与《蜀都赋》从历史到现实，从天上到地下，从边塞到内地，从高阁到茅屋，无所不涉，却唯独不涉政治。而《魏都赋》中，"魏国先生"一登场，便驳斥了"西蜀公子"与"东吴王孙"。"魏国先生"对二人言明，良好的政治措施才是立国之本，这也包含了左思对西晋王朝的希冀。

自《三都赋》后，中国文学史上便再也没有以都城为描述对象的大赋了。所以，人们又将《三都赋》称为此类大赋的"绝响"，可见其在中国文学史上的重要地位。

十、陶渊明的《归园田居》

《归园田居》并非一首诗歌，而是一组诗歌，共六首（一作五首，认为最后一首非陶渊明所作）。这组诗歌的作者是东晋著名诗人陶渊明。《归园田居》生动形象地描述了陶渊明在归隐后的生活及感受，抒发了其辞官归隐之后的愉快心情，表达出陶渊明身为劳动者的喜悦，以及他对田园生活的热爱。

归园田居（其一）

少无适俗韵，性本爱丘山。误落尘网中，一去三十年。

羁鸟恋旧林，池鱼思故渊。开荒南野际，守拙归园田。

方宅十余亩，草屋八九间。榆柳荫后檐，桃李罗堂前。

暧暧远人村，依依墟里烟。狗吠深巷中，鸡鸣桑树颠。

户庭无尘杂，虚室有余闲。久在樊笼里，复得返自然。

归园田居（其二）

野外罕人事，穷巷寡轮鞅。白日掩荆扉，虚室绝尘想。
时复墟曲中，披草共来往。相见无杂言，但道桑麻长。
桑麻日已长，我土日已广。常恐霜霰至，零落同草莽。

归园田居（其三）

种豆南山下，草盛豆苗稀。晨兴理荒秽，带月荷锄归。
道狭草木长，夕露沾我衣。衣沾不足惜，但使愿无违。

归园田居（其四）

久去山泽游，浪莽林野娱。试携子侄辈，披榛步荒墟。
徘徊丘垄间，依依昔人居。井灶有遗处，桑竹残朽株。
借问采薪者，此人皆焉如？薪者向我言，死没无复余。
一世异朝市，此语真不虚。人生似幻化，终当归空无。

归园田居（其五）

怅恨独策还，崎岖历榛曲。山涧清且浅，可以濯吾足。
漉我新熟酒，只鸡招近局。日入室中暗，荆薪代明烛。
欢来苦夕短，已复至天旭。

归园田居（其六）

种苗在东皋，苗生满阡陌。虽有荷锄倦，浊酒聊自适。
日暮巾柴车，路暗光已夕。归人望烟火，稚子候檐隙。
问君亦何为，百年会有役。但愿桑麻成，蚕月得纺绩。
素心正如此，开径望三益。

陶渊明所作的《归园田居》是一个有机的整体，这六首诗歌分别为"辞官场""守洁志""乐农事""聚亲朋""欢夜饮""望烟火"。诗歌描绘了诗人丰富的隐居生活，我们不难从中看出诗人欢愉的心情，这是独属于诗人自己的情趣。

第一首诗歌，以追悔自己"误落尘网""久在樊笼"开始，描绘了诗人重新回归自然的无限欢欣，真切地表达出他对官场的厌恶，以及对隐居生活的向往之情。

第二首诗歌，诗人集中描绘了乡居生活的"静"。"野外""穷巷""荆扉""虚室"看似描绘自己生活的清贫，实则暗示诗人抱贫守志的高洁之心，以及归田之后的自适心境。

第三首诗歌，以八句普通短章，描述了诗人在隐居之后的劳动生活。因为诗人并不是土生土长的农民，所以他种田不得章法，但可怜的劳动成果不但没有让他灰心丧气，反而激发了他继续耕种的斗志。这也体现了中华民族自古以来吃苦耐劳的美好精神。

第四首诗歌表达了诗人渴求人性回归，复返自然的决心。他借与家人同游，道出了盛则有衰、生则有死的自然规律与法则，表达了诗人豁达的人生态度。

第五首诗歌描写了诗人耕作一天后归家路上和到家之后的活动。这首诗歌写他辛苦劳作一天，孤独无伴，且回家的道路坎坷崎岖、荒芜曲折，难免怅然生恨，但幸而沿途景色甚美让其怅恨的心情一扫而空，还家后与邻人共饮，充满田园乐趣。前后映衬，烘托出诗人归隐之志坚持不改之意。

第六首诗歌，诗人描写了"日出而作，日入而息""归人望烟火，稚子候檐隙"的安恬闲适的田间生活。劳动者的一天是如此充实、惬意，令人满足，谁还愿意再回归官场那种污浊的地方呢？

宋代著名词人苏轼，评价陶渊明的《归园田居》："以'夕露沾衣'之故而犯所愧者，多矣！"清代王夫之在其所著的《古诗评选》中，对《归园田居》也有"平淡之于诗自为一体"的评价，可见这组诗歌对后世的深远影响。

十一、皮日休的《桃花赋》

皮日休（约 838—约 883 年），字逸少，后改袭美，襄阳（今属湖北）人。早年住鹿门山，自号鹿门子、间气布衣等。唐代著名文学家，曾任太常博士。诗文与陆龟蒙齐名，世称"皮陆"。辞赋大都借古讽今，抒写愤慨，代表作有《河桥赋》《霍山赋》《桃花赋》。

桃花赋（节选）

伊祁氏之作春也，有艳外之艳，华中之华，众木不得，融为桃花。厥花伊何？其美实多。儓（tái）隶众芳，缘饰阳和。开破嫩萼，压低柔柯。其色则不淡不深，若素练轻茜（qiàn），玉颜半酡（tuó）。若夫美景艳时，春含晓滋，密如不干，繁若无枝。姝姝婉婉，夭夭怡怡。或俛者若想，或闲者如痴。或向者若步，或倚者如疲。或

温馥而可薰，或婑（wǒ）媠（tuǒ）而莫持。或幽
柔而旁午，或扯冶而倒披。或翘矣如望，或凝然若
思。或奕偞（xiè）而作态，或窈窕而骋姿。……

花品之中，此花最异。以众为繁，以多见鄙。
自是物情，非关春意。若氏族之斥素流，品秩之卑
寒士。他目则目，他耳则耳。或以怪而称珍，或以
疏而见贵。或有实而花乖，或有花而实悴。其花可
以畅君之心目，其实可以充君之口腹。匪乎兹花，
他则碌碌。我将修花品，以此花为第一，惧俗情之
横议。我曰不然，为之则已。我目吾目，我耳吾耳。
妍蚩决于心，取舍断于志，岂于草木之品独然？信
为国今如此！

皮日休的赋多为抨击时弊、同情人民疾苦之作。
他的赋作反映了晚唐的社会现实，揭露了统治
阶级的黑暗和腐朽，很有现实意义。《桃花赋》是皮日休
的代表赋作。可是，这篇《桃花赋》却不同于他以往的作
品。《桃花赋》既扬往昔作品之长，又避其短，在作赋时，
皮日休很注重"婉媚"的艺术性，所以，这篇赋的艺术价
值与现实意义都很高。

自《诗经》中的"桃之夭夭，灼灼其华"闻名于世

后，历朝历代都有数不清的文人来歌颂桃花。不过，很少有人像皮日休一般，既将桃花之美描述得淋漓尽致，又把自己强烈的思想感情附着在桃花之中。

这篇《桃花赋》分为两部分。第一部分是对娇美的桃花进行生动传神的描绘，也为后面的现实主义议论提供坚实基础。在赋的开头部分，作者便直陈桃花之美，其色泽"不淡不深，若素练轻茜，玉颜半酡"，其形状"密如不干，繁若无枝"，其姿态"娙娙婉婉，夭夭怡怡"，不过寥寥几笔，一幅桃花美景就展现在了人们眼前。紧接着，作者又用12个"或"字句，将桃花之美刻画得淋漓尽致。再往后，作者用息妫、西子、神女、韩娥、飞燕、文姬、褒姒等历史或神话人物来描绘桃花，桃花和这些女子有着相通之处，但她们的不幸遭遇又给"桃花"增添了些许悲凉和伤感。

第二部分则是对现实的抒情议论。第二部分的开头为"花品之中，此花最异"，这句话不仅承接了上文，也表达了作者的强烈情感。因为有前一部分对桃花的精彩描绘，所以，用这句话引出下文的作者观点可谓水到渠成。

尽管"其花可以畅君之心目，其实可以充君之口腹"，但各花入各眼，仍有人鄙视这宜室宜家的桃花，就像"氏族之斥素流，品秩之卑寒士"一样。最后，作者用"岂于草木之品独然？信为国兮如此！"作为《桃花赋》的结尾。此结尾扩大了此篇赋作的现实意义，也表达了作者强烈的思想感情，整篇赋作的思想性与艺术性也因此获得了升华。

在《文薮·自序》中，皮日休也写明了自己创作《桃花赋》的意图，那就是"悯寒士道壅，作《桃花赋》"。这就说明，皮日休在创作此篇赋作时并不是有感而发，而是有意识地要揭露门阀制度的不合理，这也让本篇赋作有了历史研究意义。

所以，这篇《桃花赋》无论是遣词造句还是主题思想，都兼有思想性与艺术性。可以说，此篇赋是皮日休赋作中当之无愧的最精粹者，也是赋史上颇为独特的名篇佳作。

十二、李清照的《打马赋》

《打马赋》不仅是李清照现存作品中较为特殊的作品，也是整个宋代赋作中别具一格的佳作。"打马"是一种类似樗蒲的博戏，经李清照改良后，变成了一种在闺阁中相当流行的雅戏。

打马赋（节选）

岁令云徂，卢或可呼。千金一掷，百万十都。樽俎具陈，已行揖让之礼；主宾既醉，不有博弈者乎！打马爰兴，樗蒲遂废，实博弈之上流，乃闺房之雅戏。齐驱骥骤，疑穆王万里之行；间列玄黄，类杨氏五家之队。珊珊佩响，方惊玉镫之敲；落落星罗，忽见连钱之碎。若乃吴江枫冷，胡山叶飞，玉门关闭，沙苑草肥，临波不渡，似惜障泥。或出入用奇，有类昆阳之战；或优游仗义，正如涿鹿之

师。或闻望久高，脱复庚郎之失；或声名素昧，便
同痴叔之奇。

李清照天资聪颖，很喜欢各种博戏。她认为："夫
博者，无他，争先术耳，故专者能之。"意思
是说，博戏在于争先，争先之道在于专精，专精则无所
不妙。南渡之后，李清照四处漂泊，很少再进行博戏了。
所以，当她在金华避乱，有一个相对安定的环境后，就
开始改良打马游戏，并作《打马图经》一卷，卷前有序，
序后有赋，这序后的赋就是这篇《打马赋》了。

在《打马赋》中，李清照没有仅仅把打马当作游戏，
而是借谈论博弈之事，引用大量有关战马的典故和历史上
抗战杀敌的事例，赞颂了谢安等人的忠勇，暗含对南宋统
治者苟且偷安的不满。在此篇赋中，李清照将自己崇高的
爱国思想融入文字，这也让《打马赋》有了特殊的意义，
成为宋代赋作中的上品。

在此篇赋作的开头，李清照先点出了打马的节令与意
义。"岁令云徂，卢或可呼"，说的便是岁末人闲，正是呼
朋唤友消遣的大好时机。这一句话，便让人有了悠闲自在
之感，也让人对打马游戏起了浓厚的兴趣。

随后，作者调动各种艺术手段，将棋盘上的马儿交作

做了具体描绘。描绘时，作者运用了大量与马有关的典故，让这种游戏生动有趣起来。

在读者的兴致被完全激发的时候，作者话锋一转，说自己之所以爱好打马，是为了寻求精神上的寄托，使自己跳动不已的爱国之心稍微获取一些慰藉。随后，作者又告诉人们要知足常乐、适可而止，如果争胜心切，不知止足，反而会令自己悔恨终身。博弈如此，人生亦是如此。

纵观整篇赋作，李清照每个字都说打马，每句话都在谈博戏，可字里行间，又无一不渗透着作者浓厚的爱国之情。可见，此篇《打马赋》的确为赋中名篇，令人啧啧称赞。

十三、蒲松龄的《屋漏赋》

虽然蒲松龄以小说闻名于世，但他也是清朝初期著名的赋作家。在《聊斋文集》中，我们也能看到蒲松龄撰写的赋作，如《煎饼赋》。在蒲松龄的诸多赋作中，最出名的当数《屋漏赋》。

屋漏赋（节选）

山居老屋，门以承尘。夏霖滴漏，丁丁夜闻。将呼灯而移案，限重门之巨津；及支枕而拥衾，任高卧而重茵。忽忽焉发峨舸之舟，蘧蘧焉泛鄱阳之浒。密树浮窗，惊涛震橹。已而浪恬波平，匡庐在睹；五老香炉，蹲狮负虎。俄而箫管停声，回帆点鼓；阗阗冬冬，盈耳可数。或数时而一鸣，或援桴而四五。俨岑牟而单绞，将屏立而箕服。乍摊书而无言，倏操檛（zhuā）而欲怒。倘处仲之所撞几，而正平之所不取。无何，洒然惊觉，乃山堂漏雨也。

异哉！岂主人之好游乎，乃梦不离乎南浦耶？

于是崛起披衣，危坐假寐，谯钟未发，邻鸡犹睡。

细读蒲松龄的《屋漏赋》，我们能感受到蒲松龄那奇趣玲珑的文法。蒲松龄在论述文章应当如何作时说："盖意乘间则巧，笔翻空则奇，局逆振则险，词旁搜曲引则畅。虽古今名作如林，亦断无攻坚摭实，硬铺直写，而其文得佳者。"而蒲松龄的这篇《屋漏赋》，就使用了这种"避实击虚"的巧妙写法。

旁人若写《屋漏赋》，大多会选择单纯状物或状物加抒情的写作方式，而蒲松龄则采用了虚实结合、以虚为主的方式。这种写作方式让整篇赋作显得巧、奇、险、畅。

虽然这篇赋作的标题是《屋漏赋》，但文中除了几句简单的交代，大都在写那如梦如幻的虚境。这种虚境与人们内心活动有关，也是人们情感、思想、愿望的体现。

这第一场梦，是在"支枕而拥衾""高卧而重茵"时所做。作者使用了"夏霖滴漏，丁丁夜闻"的佳句，来描绘入梦进幻的状态。而第二场梦，则是在"崛起披衣，危坐假寐"，也就是披着衣服假寐时所做。作者并没有从正面平铺直叙，这种写法反而给读者带来一种奇妙的感受。

猛然一瞥，作者仿佛不是在写《屋漏赋》，而是在写

《梦境赋》《幻境赋》，但细细读来，却发现这篇赋作处处都在描绘屋漏。作者用虚幻的梦境来描绘现实的屋漏，既凸显了其文笔的高超，也体现了其幽默风趣的性格。

很多人认为，写虚幻的东西要比状物简单，其实不然，正如李渔所说："谈真则易，说梦为难。"蒲松龄能在《屋漏赋》中将虚实结合得如此巧妙，变虚幻为逼真，变抽象为具体，实在难能可贵，而且这样做反而显得整篇赋真挚动人。

这篇《屋漏赋》虚虚实实、真真假假，虚中见实、假中见真，具有独特的艺术性与可读性。